读诗

寒露纪事

2019年 第四卷（总第39卷）

长江出版传媒
长江文艺出版社

图书在版编目（C I P）数据

读诗·寒露纪事 / 潘洗尘主编. -- 武汉 : 长江文艺出版社，2019.11
ISBN 978-7-5702-1310-8

Ⅰ. ①读… Ⅱ. ①潘… Ⅲ. ①诗集 - 中国—当代
Ⅳ. ①I227

中国版本图书馆CIP数据核字(2019)第271974号

责任编辑：谈 骁　　责任校对：毛 娟
封面设计：天问文化传播机构　　责任印制：邱 莉 王光兴

出版：长江出版传媒　长江文艺出版社
地址：武汉市雄楚大街268号　邮编：430070
发行：长江文艺出版社
http://www.cjlap.com
印刷：哈尔滨经典印业有限公司

开本：720毫米 × 1020毫米　1/16　印张：14.125
版次：2019年11月第1版　2019年11月第1次印刷
行数：6854行

定价：39.00元

穿越词语

<

目录

巴别塔

<

192　［法国］伊冯·勒芒诗选　树才译

映像

<

封面诗人　毛焰　盛兴

其实

毛焰

关于灵魂4

请原谅我
经常把你给忘了
我身边的任何事物
都比你强
他们争先恐后
就是为了让我记住他们
你未必相信
但我和他们相得益彰
我如此轻视你
你却从来没认真想过
这是为什么

今天，傍晚的时候
我去看望一个朋友
在楼道迂回的缝隙里
远远地看到你
我挺喜欢这样的幻觉

我的朋友说：嗯，不错
听上去，你倒像个谦谦君子

并非忏悔的时刻

我对黎明知之甚少
通常，一天的概念，对我而言
似乎就如划分白天或者黑夜那样的乏味

我热衷黄昏的片段
那是大师们的笔调
（也有的因其狂暴而显得毫无道理可言）
一条既生涩又润滑的有着多轨的时空隧道
簌乎于昼夜的精神与肉身的疲惫之间

每一天，我都有意无意地等待这一刻
全然依附它带来的一切
在光的渐暗泯灭间辨识，然后接纳

偶尔，我也试图挣脱它沉寂的桎梏
在它最昏暗的时候
譬如，打个电话，并不是
为昨天的事，很可能是为过去的一年半载
甚至更久远的时间
为自己所愧歉的，做一次仓促的祷告

冬眠者

我在沙发上睡着了
时间不长
嘎嘎躺在我的肚子上，他一定
比我睡得好
很难想象他柔软的脚掌下
完美的收敛着锋利的尖爪，或许
他只是佯装着睡着了呢
我确实短暂地睡着了
脑子里，掠过一些飘忽不定的梦
其中，我用自己白色的胡须
蹭着那几根细小孱弱的
兰草，像一个
游离在外的冬眠者
而我自己的爪子，遗忘在了某处

即景：一个片段

多么鲜嫩的一抹绿色
在古旧的老城小巷里穿行
她用两条黑色的丝袜作围巾
随身携带着自己的体香
仓促、别致的一种性感
广场上，一个流浪的小男孩
从后面追上来
轻轻牵住了她的手
她并没有嫌弃他
而是让他紧贴着自己
穿过那个硕大混乱的广场
像一对奇异的母子
小旦旦，你要放手了
我现在去警察局呢
那个小男孩立马叫着
漂亮妈妈，那我自己去玩了
他擦了擦鼻涕
一溜烟地就跑出了这个小屏幕

和自己说

总是有，喜欢自己待着的时候
喜欢和自己说话
一种便宜而隐秘的乐趣
甚至自身都难以察觉
毫无来由的零星碎语
或者，一段段的长篇累牍
有些事情，心里想想就自动消失了
那多半说出来没什么意思吧
而有的
它们会迫不及待地拽着
其中的一个你，要说个明白

你想躲开，为时晚矣
往往，两个自己
（可能附带衍生出别的聒噪者）
自顾自地辩解，这个说出
“愚蠢”，而那个则表示赞美
处于两极的观点在某时集于一身
倒不见得，就是一种
需要矫正的人格
也常常有短暂的，彻底漠然
无话可说的时候
对自己避之唯恐不及
像一个真正的哑巴，或一个盲者（应该向他们学习）

桃树开花——给老鲁

总是有某些事情
应该被你牢牢地抓在手中
你必须念兹在兹
不停地想及、提及
甚至触及，最终
它们才有可能
成为你自己的一部分
一个曾历经漫长的冬季
艰难康复中的男人
在春天开始的时候
就应该紧紧地抓住
他在院子里
看到的那棵桃树
让自己的心里盛满鲜嫩的花朵

空洞

他意识到，此刻的时间
已经接近了某个尽头
之前的，一整段行程就要告一段落
他本以为
自己期许的将如约而至
为此，他特意告别了另一番景象
那匹去而复返的赤兔马
那本彰显魔力的辞典
以及那位千里迢迢而来的炼金师
他只能将自己的愿望
不断地缩减，缩减到
一幅袖珍般大小的图画
一段比俳句略长的诗句
一个类似“不知不觉”
模糊的词语，缩减到
一个“空”的字
在不知不觉中，他睡着了
和那只猫一起
他梦到自己，一路上收获颇丰
事无巨细，并没觉得有任何的缺失

一根雄伟的独毛

昏沉沉的落日下
伫立着一根细长的独毛
（这是我的朋友鲁羊对此类形状物的描述）
深灰色的金属杆
顶端笔直尖利，针灸般
精准地扎入天际的空穴
两个圆形圈间隔的环绕，不知何用
相比周边平坦的境况
它似乎拥有不容置疑、绝对的高度

紧挨着这根独毛的底部
是一群正举办喜庆婚宴的人
簇拥着在一个农家的大院
三五成群的，鞭炮齐鸣
但几乎没人仔细地端详或仰望
这样一根平地而起奇特的玩意
倒是其中的一个人
（这里我就不必指名道姓了）
他想到了病中康复的朋友
或许更希望看到某种雄伟之物
于是，他精心挑选了一个角度
撇开了人群以及旁边的所有景致
照片上，一根莫名的独毛
小太阳还在下面隐隐地发着光亮

辨灰

不能轻易答应
那些自己没想明白
或做不了的事
哪怕是看上去举手之劳的小事
也有它不可估摸的
神秘的分量
比如灰尘，有什么分量可言
清除它们
似乎不费吹灰之力
这恰恰是庸人所为，或许
你还没弄明白
它们自然的归宿
——一种关联之物
亦如我们自身
前世今生，盘根错节
一种渊源，积怨般的深厚

妈妈的电话

热闹的景象不见了
是听不见了。现在这里
变得那样的安静
妈妈在的时候，或许是因为她
爱开玩笑，好动的性格
（这点我完全像她）
她和朋友们打电话，一高兴就忘了
她的声音经常能穿墙而过
尤其是她开心的笑声
如今，我上午的时候睡得很好
只是偶尔在梦里
或是一种想念的错觉中
能隐约听到她的声音
有些语气、内容以及说话的频率
还有她说话时的心情
似乎还蛰伏在这个屋子里
有时候，一恍惚的工夫
她会给我打一个电话
说已经到哪儿哪儿了，让我们不用担心

一个神秘的东西

脑子被什么东西困扰了一下
转念就忘了
肯定不是个要紧的事
当时，我既没当回事，也没接着细想
或许正因如此
那个玩意便时不时地冒个泡
似乎要引起我的在意
于是，我一次又一次地跟着那些泡泡
想要找到它
看看究竟是什么

奇怪了，它就像个世外高人
每当我快接近的时候
它总是一掠而过，然后就没了踪影
直到现在（这是很久以前的事了）
它还是会偶尔地冒个泡
我已习惯了它那一套
早就不急于这一时半会了
我安心地等着它——那个东西
突然的某一刻，自己蹦出来，兴许有什么让
我恍然大悟呢

在门口

屋子里有点闷热
（现在开空调似乎太早）
我索性就去门口待一会
我拿了一个软和的坐垫，带了杯茶
坐在楼梯上，吹吹风
像一个行经至此疲累的游人
借此宝地一坐
我也愿意，想象一下
从前的日子（我们什么也没有）
去探望一位朋友，他人不在
往往在他家的门口
找个舒适的地方坐下
耐心等候，那个时候
我们能见上面就是一份额外的惊喜

善意

是什么使你的心情
如此糟糕透顶
只有你自己
知道缘由
也许，你不能说
（有些人想知道）
你也不能因此
而怪罪于眼前的那些景物
看到你伤心的样子
它们只会比平时更加的缄默
你应该能够感受到
它们天生的善意，天生的美德

杀戒

钟声响起
你便不能杀了此人
更何况，此刻
这里并无什么古刹
那个庄重的钟声
除了你，旁人也听不到
或许，你正感到纳闷
从自己的心里
怎么能够传出来这样的钟声

无题

她说：等你
他说：等你有空。从那以后
他生怕错过了什么
他分辨率极高的眼睛
他比狗还灵敏的嗅觉
他的耳朵，就那么一直竖着
——想到，能听到她轻嘘的气息

他的舌头，打了好几个结
他的手指，似乎就如
卡瓦菲斯说的那样，早已
练就了古希腊雕像般完美的塑造力

只剩下

只剩下一种声音
嘟、嘟、嘟……
并不确切。只剩下一个人
无声无息
只有一幅画，那些久已干枯的颜料
只剩下一小块有限的空间
如何占有它
那些光圈，平白无故
但你必须屏住呼吸，按捺住
一笔一笔的勾勒
只剩下一种意义，便是接近虚无

独木桥

有的人一下子
就跑过去了。有人费劲
最后鼓足了勇气
他放弃了
那个女人很轻松
她竟然在桥中间停了一会
摘下了一颗小蘑菇
唯一的智者是个盲人
需要帮助
他们在两头拉了一根粗绳
连拖带拽，虚惊一场

只有我，很无聊地
远远羡慕地看着这一幕

姿态

他们问我
那些人物的姿态
为什么是那样
（有时候，我有这个耐心）
我总得清楚他们的职业和爱好吧
其中一个是戏剧总监
我这么说，她就明白了
就像舞台上的演员
在她的一整段动作里
任何的一刻，停下
不需要作丝毫的添加或减损
相对于流畅的运动
我在意的是
凝固，保持静止不动，某种终结

其实

门口一堆黑乎乎的东西
开灯，吓一跳
一只黑色的死鸟，是喜鹊
羽毛四处散落
我问旁边等着的嘎嘎
是你干的吗？
（院子里常见的还有另外四个）
他当然不会回答
只是有点慌张地看着我
不像是在掩饰

无论是谁
其实，每天都有一点小残忍

天寒百事哀

盛兴

天寒百事哀

去年家里装了一部“麦克维”牌中央空调
先是配低了匹数导致供地暖不热
家人只得借宿在外蹭热
又担心冻坏室内东西只得维持空调运转
接着是高额电费
后来又是风网透水淹墙
经销商躲得远远的
维权漫长，家人跑总部数次
一年后终得结果
更换一台更大匹数的
（期间改为城市供暖）
经销商因换机器不情愿而置气
不但不赔偿白瞎的电费和淹墙损失
还不告知冬天加防冻液等注意事项
结果因断电结冰冻坏水泵
经销商以操作不当为由拒不退换
自费更换水泵未及安装
空调连接室内暖气管的主阀门又冻裂
冒着热气的室内暖气供水
从楼壁喷薄而出
流到楼下渐渐结为冰凌
蔚为壮观，引得小区人驻足观看
大家都说这冰凌花好美啊
是啊，这冰凌花真美
咋不开在你家呢？

柳河街

早年柳河街上住着七八户人家
其中就有我爷爷一家
这个家里的人们有个特点
在外与人相安无事
回到家里就鸡飞狗跳
打成一窝
四十多年过去了
爷爷已近百岁
仍然住在柳河街
我爹在内的七个兄弟姐妹年逾花甲
遇有家务事齐整整地都回到这里
七个老头老太太
打起架来仍是抄家伙骂娘
声如洪钟，寸步不让
而柳河街上的其他那几户人家
当年和和睦睦，安宁富足
现在大门紧闭，院落荒芜
早已没了人烟

贾强叫我去喝酒

在家和妻儿看电视剧
贾强叫我去喝酒
我没有去，原因是
电视里正演着在古代
一个书生家境贫苦，仕途无功
却风流成性
街上的那些花爷狗少约他去喝酒
他抢了娘子的玉簪
一脚把跪在地上哀求的娘子踹到一边
就和那些人走进了烟花巷

人约黄昏后

看看信息里她发来的这个地址
“南特索尼开元里F座39层B-E758”
路上堵着车他浑身发冷
想想这个高耸入云的地方
又疲惫又厌烦
要是在古代该多好
直接说
“晌午时分，去王干娘那里看块布料”
听听这个
真是让人暖和又激动
两颊绯红

来自外星人的钱

李老爷子晚年总爱说一句话
“很快会有一笔钱打到我的账户上”
他对亲人说，对朋友说
也对债主说，对仇人说
一直到临死前他仍然在说
“很快会有一笔钱打到我的账户上”
他的孙子对他说
哪有什么人会给你打钱
不会是外星人吧？
李老爷子躺在那儿说
“对，我想起来了，就是外星人”

1988年

夜里又停电了
只好点上蜡烛

妈妈披着件棉袄织毛衣
爸爸去开一个紧急会议
姐姐在炉盖上焗南瓜仁儿
哥哥把耳朵贴在破收音机上听相声
红星（我家的猫）一头撞开门
蹿到屋里来
嘴里咬着只挣扎着的老鼠
威风凛凛
近来，外面灭鼠的风声很紧
这次，它终于抢到一只活的

温柔的人

她的确是个温柔的人
一辈子没骂过人
看着和风细雨的嗔怪
谁也不知道
她已经气到了极点
她说："你别这个样子好不好？"
然后就浑身抽搐
昏倒在地

妊娠反应

1996年高三英语课上
那位女老师在讲台上不停地干呕
妊娠反应使课程一度中断
教室里鸦雀无声
现在想来
她肚子里的那个孩子也有二十二岁了

刹车与怀抱

公交车一个急刹车
她一下倒在他的怀里
她在他的怀里
怎么起也起不来
直到，又一个急刹车
把她从他怀里甩出来

棺木

路过湘西
我又想起那些棺木匠人
如果可以，真的想给你定一口棺材
快递给你
收到后，你可以躺在里面试一试
就是为了看看合不合适
不合适，发回再换
合适，直接退货
就当没有这档子事
只是为了了解下你的棺材尺码

接亲

清晨去新娘家接亲
返回之际
按照习俗，岳父岳母对新郎有嘱托
岳母拉着新郎的手说
从今天开始
我就把女儿交给你了
岳父是个聋哑人
招了招手让新郎过来
冲着新郎的屁股踢了三脚了事

老与头发

他明显觉得自己老了
按一天掉二十根头发算
他今年掉了近八千根头发
这八千根头发收集起来
可以绑成一把扫帚了
平时到处扫扫毛絮很方便
一年之后
这些头发将再次从扫帚上掉光

动物科研所

姐夫在动物科研所工作
据说这些年一直从事动物基因研究
这天早晨姐姐开着车
跟上了科研所的班车
来到了这座位于郊外的科研所
她穿上事先准备好的隔离衣骗过了门卫
又像铁道游击队员一样
猫腰爬上了开往山坡上试验基地的电瓶车
查看了地形后
姐姐摸到了实验基地的正门
输入了从姐夫日志本上抄下的密码后
她打开了基地的大门
来到了姐夫的个人实验室
拿出从网上订购的姐夫的指纹膜
打开了实验室的门
姐姐看到
在装着动物胚胎的瓶瓶罐罐间
姐夫正抱着女助理深情地亲吻着

生闷气的父亲

父亲一辈子不爱说话
不爱说话，原来是在生闷气
我是他唯一的儿子
像是一颗生闷气结出的果实
一颗忧郁的果实
父亲生下了我
又把所有的火撒在我身上

少年时代

他时常怀念少年时代的一件运动衫
曾经整整一年的时间都穿在身上
从来没洗过
这在四季分明的北方
难以想象
来年春天的时候
他发现这件运动衫能站起来了
仿佛有了生命
妈妈卧病在床
他自作主张
把它送给了拾破烂的老头

膝皮士

有一次
他爹出差回来
因为膝盖上磨去了一块皮
他妈又哭又闹
疯了好几天
又一次他爹出差回来

膝盖上又少了一块皮
这一次他爹一不做二不休
守着他妈
在那块皮旁边挠啊挠
活生生又挠去一块皮
他爹说
看吧
被蚊子叮了以后
我就是这样
挠掉了一块皮

一无所知

搬到新居一年多
从没交过电费
纵横交织的电表盘上
我家那只上的数字纹丝不动
同样的事情
在济南一年
车上没装ETC
但在ETC车道通行无阻
分文未花
开开心心回家去
事情就是这样
其他的我们一无所知

花莲之夜

沈浩波

花莲之夜

寂静的
海风吹拂的夜晚
宽阔
无人的马路
一只蜗牛
缓慢地爬行
一辆摩托车开来
在它的呼啸中
仍能听到
嘎嘣
一声

饮酒诗

那人说道
兀那厮沈浩波
也是个不爽利的汉子

说这话时
必是喝酒之时
那人先饮一杯
我却小抿一口
为啥——
不喜欢白酒那味

白酒我忌辛辣
啤酒我忌平淡

洋酒后劲太大
红酒过于温暾

又不是声色犬马之时
又不是肝胆相照之人
又不是失意人执手喝闷酒
又不是多情自古伤别离

你我喝酒
相见而已
吃饭而已
嚼点花生而已
说点闲话而已
我又何必爽利

于是那人说道
兀那厮沈浩波
也是个不爽利的汉子

我不爽利不要紧
你也不要太爽利才是
每喝必爽者大都酒鬼而已
爱拍胸脯者必是小人无疑

谁配与我对饮
使我烂醉如泥

我的光棍二叔

有一阵子
谁说二叔是光棍
二叔就会辩解：
其实我在外面有女人
我在徐州
宿迁
盐城
和常州
都有女人
又过了一阵子
他甚至告诉大家
他在徐州
宿迁
盐城
和常州的女人
都给他生了孩子
但自从他打不动工
回到村里
一直到他病死
也没有一个孩子
上门来叫爹

温暖的骨灰

父亲越来越苍老
令我感到陌生
既不像年轻时那样暴戾
也没有老年人应有的温柔
仿佛失去了人类的气息
像一个木头做的
摆在家里的盒子
这感觉令我惊恐
我试着靠近他
伸出双手感受他的温度
我在他的体内
握到了一把温暖的骨灰
这下我放心了
父亲，它就是你
如此轻盈

被我珍爱地
抱在手心

她将战胜我如同战胜黑夜

她的月色

我对生一个女儿，并且看着她长大这件事
完全没有把握
我不知道这将是一个怎样的过程
如同月光在晚上，透过窗帘铺在客厅的地上
我沉浸在她的皎洁中
她仿佛只是来告诉我
世上有这样一种如水的光
将我照耀
但注定不属于我
有时我好奇地看着两岁的女儿
她每天都比前一天更强烈地吸引我靠近
我拥抱她娇嫩的骨肉
亲吻她杏仁般的脸
越是这样的时刻
就越是能感受到
我和她之间
有一种比上帝还神秘
比空气还透明的距离
这是一道温暖的深渊
如同太阳和月亮之间
如同月亮和我之间
我小心翼翼地感受
却不可能把握
她灵魂中的
那轮明月
她飞快成长，如同明月在天上行走
容颜每天都在改变
光辉越过我的手掌
洒满整个天空

我在你的身上寻找
——写给儿子

任何时候扭头看你
总是忍不住
像看一种
既神秘又亲切的事物一样
凝视
从你眼中长出的每一片树叶上
寻找我的痕迹
那些并不容易找到的我
像慢慢浮现的星星
一颗颗
被你擦拭得明亮
我在你身上
找到了一堆我
这让我有时欣喜
有时羞涩
有时又自责
而那些既不属于我
也不属于你妈的部分
让我激动又困惑
像是老天的新发明
又像是宇宙和你之间的
一个小秘密
在太阳底下
你新鲜得无解

父亲的手掌

在福建宁德
我特地去李师江的老家
看望他的父母
走的时候
师江的父亲
手掌搭着我
赤裸的胳膊
送我到村口
粗糙的掌心
温热发烫
我恍惚觉得
我就是李师江
我怀疑师江的父亲
也有这样的错觉
那时阳光灿烂
我真想替师江
喊一声父亲
回到北京后
我把这种感觉说给李师江听
他愣了一会儿说：
“但他从来没有对我这样！”

旅程

我和父亲
走在寂静的路上
走在深夜
黝黑的额头

我们上了一辆
末班公交车
车厢里有一种
属于我和父亲的空旷

父亲喝了二两酒
脸上有一层云霞
灯光下仿佛害羞
他紧紧握住扶手

我知道他在
努力克制醉意
用严肃的表情证明
二两酒没什么

他用坚定的步伐
迈出下车的那一步
克服了脚下的软
重新走入夜色

用速度克服已经
开始晃动的身体
我从后面看他
瘦小而踉跄

穿过红绿灯时
有车从远方开来
我感受到他的紧张
像渡过惊涛骇浪

当他肩头滑向左侧
右脚就站得更稳
当他身体前倾
脚后跟立刻停顿

如果时间有光芒

那里曾经有一架梯子
就在那里，在一片
奇特的光芒中

父亲背着你
一节节向上攀登
梯子的尽头
是另一个世界

那是一架灰色的梯子
你的父亲
背着越来越重的你
向上攀登

那是一架看不见的梯子
父亲将你
轻轻放在梯子的尽头
他和梯子一起消失

那是一架灰色的梯子
如果时间有光芒
我们就会看见它

绑在一起

我爸的同事李巧玲
没事儿就爱来我家
找我妈聊天
聊着聊着话题就转到
我爸的另一个女同事
林华华身上
有一次李巧玲语重心长地
对我妈说
你真要注意点儿了
现在外面传老沈和林华华
传得可厉害了
我妈急了：
“只要他们没被人绑在一起
送到我面前来
我就不信”
李巧玲一下子呆住了
不但呆住了
而且还哭了
李巧玲年轻时
曾经和一个男的
被人绑在一起
送到了她老公面前

有些东西在灵魂的黑暗处发生

有些感觉白天还不明显
但当她在深夜熟睡
紧闭着眼睛时
看起来竟是悲伤的
熟睡时的悲伤
恐怕就是真正的悲伤了
我能够进入她在白天的生活
却进入不了她悲伤的睡眠
我眼睁睁地目睹着她的悲伤
但我不知道她为什么悲伤
有些东西在灵魂的黑暗处发生
而我被阻挡在光亮里

在波尔多的一个酒庄

主人在向我们介绍
他家酿的梅洛红酒
他是个基督徒
他说葡萄酒是耶稣的血
这时我听到窗外
漫山遍野的葡萄树
举起干枯的手，齐声唱道：
不，是我们的血

我不会被恐惧吃掉

深夜，我突然想振奋地跳起来
大喊一声：
“我不能被恐惧吃掉”
是的，我可以恐惧
我正在恐惧
恐惧像空气
恐惧流着黑汁
但是
我不能被恐惧吃掉

我不能被恐惧吃掉
如同
十年前
对着这座塞满了人的城
对着满城被撕碎
又重新拼装起来的脸
喊
“我不能被世故吃掉”

我不能被世故吃掉
如同
五年前
在越来越浑浊的
生命中
我惊怖于
已感受不到年轻时
那种身体的干净和透明
从嗓子深处喊出的那一声
“我不能被肮脏吃掉”

我没有被世故吃掉
我没有被肮脏吃掉
我不会被恐惧吃掉

在冬日的群山中

在冬日的群山中
我感到坦然
如同置身
失去辉煌穹顶的废庙

对面圆顶的山峰
褪去金黄的僧衣
这肥胖的和尚，百无聊赖
晾晒着灰白的肚皮

残余的碎雪
有细微的光辉
人类的城市在远方
像遗落在大地上的风筝

谁有权利审判
人类中饥饿的灵魂？
落日像孤独的宗教
张开空虚的怀抱

即使生命只是
上帝做出的鬼脸
也不能使我心
归于枯寂

挥拳如雨

写诗就是
跟生命打比赛
这可不是
一个人苦练十年
一拳打倒对手的事情
你得会比赛
你得天天跟它比
你得有赛感
赛感即诗感
击倒对手不是诗
比赛本身才是诗
苦吟派们不懂这个道理
因此在生命这个对手面前
孱弱得像小鸡

伶仃及其他

胡冬

伶仃

一

伶仃的困顿里他困顿成伶仃的字，
伶仃的牛人困守伶仃的荒野；
在那待垦的无人区他默想，冥思，
愿做这贫困时代担当的忍者。

荒野里点缀着款冬和含苞的蒲公英，
惊蛰的溪流仍然冰冷如刀——
他紧捂的耳廓彻响起盯聆的雷霆，
如同铧头的锋利犁开春寒料峭。

二

他被告知一夜之间会有花朵的起义，
礿祭的岁首将容不得犹豫；
他被通报革命的人气将会合到一起，
跟随他去把银行家的城市占据。

晨昏的极限渐抹去朝他目测的星斗，
隔绝的昼夜尚有野蛇出没；
等到他起身离开饥饿的石头，
四月已不再为他的去向迷惑。

三

接下去他直奔人生的主题，

做工超出了桌椅和门槛；
医生吩咐好一匹赶脚的驮骒，
木匠把自己锁定在客西马尼花园。

花园里姑恶鸟问一声这是何苦?
无人见他有过香软的女友；
也没听说他会认字读书，
讷言的文盲怎敌博学的群优。

四

奇怪的是他却预见了历史的抓捕，
了悟的后果让他细思极恐：
就算他有心求救于征询的巡抚，
巡抚也拗不过围观的吃瓜群众。

事发之夜他平静地喝止了左右，
只因买家和卖家说好了一头牛的价格；
看着顺服的他被捉拿者牵走，
吓傻的渔夫们一个个张口结舌。

五

他被连夜捆绑给亟待的儒辈，
儒辈们搞不懂他们盘问的极品——
倘若难饮的苦杯不是滋味，
奇葩的他竟不知道藏匿或逃隐。

他们也弄不清楚他是先生还是后生，
更气不过他传播的道说；
牛眼灯下少不了一番啐骂和打整，
牛脾气的他索性一声不作。

六

天亮后他又被押解到公堂，
不见律师来为他申辩；
审来审去都是走个过场，
饶不了他的是游说的乡愿。

借他一条命谷神看上这络腮胡的怪咖：
恶搞的荆棘冠绝古今；
紫袍配得上他景气的一头秀发——
判决却彰显了朝廷崩溃的内心。

七

到此这袯襫的猎物走上了死路一条，
贵为奴隶的他承负起阳关的轭重；
全城欢呼他践行的王道，
抹泪的妇女们惊心他跌倒的肉痛。

鞭春的也不管他是牛还是人，
连掂阄的都来欺负他老实；
死忠们不敢上前相认，
主谋和推手高喊他是恐怖分子。

八

心宿参照十字座凑齐了实锤的整数，
他犁头星的两边高挂侠盗和神偷；
不同的是在他身上耶稣遭遇了基督，
真相以醋意来满足他失血的渴求。

胁迫的矛刺放空了他倾泻的洪荒之力，
父亲遗弃了出生在父亲生前的儿子；
在母亲的心碎中他溘然断了气，
抑郁的暗物质替代了他思想的脑白质。

九

官方用三种语言吐槽他有争议的声誉。

三颗钉子废了他炼了三年的气功。
三十三岁他必定在三点钟死去。
三天后死人在坟墓外面走动。

第一人说捐躯的他启动了复活节的烧烤模式；
第二人说他的贫穷才是生态的极简主义；
第三人说哭晕的好雨逆转了他急需的不得好死，
牛人的神迹莫过于可耕作的水田面积。

十

伶仃的字写就它造化的伶仃王，
伶仃的行星孤若伶仃的孺子；
当世界从华夏沦落为殷商，
难怪中国人不记得把寒食数到四十。

然而忧患之外毕竟是憧憬的岁月静好，
俗人和凡神开始了又一轮对唱和对饮——
篝火未尽已听到玄机的春鸟，
淡定的铅灰化做荒野的金色黎明。

大海……

——给一个漂流瓶

大海也不知我能不能挺过去，
过去正在它来世的漂流里
延伸它通今的瓶颈。
瓶颈逼仄，必经的我
将被迫以创意的形骸把自己生出来。
生出来的情愿，
又重新把命运之谜
书写回一个浪迹的瓶子，
一叠卷好的纸上——
纸上，也不会是别的，
是诗句
又一次，为词语的动荡中
不断改着的我
隔开了生活茫然又汹涌的大海……

踽踽的星光

踽踽的星光下我从未遇到过
和我同等抱负的人。
我见识的志士都在大白天
沿着斯巴达的思路
走在奔忙的康庄大道。
这么多年来，有人都怪了，
我为何要独辟蹊径，
甘愿活在古老的倜傥
和毕生的忧患里——
久远的苦难已然遭逢，
屠杀的词语待我说出。
难消中我走到栖身的近处，
但见叹息的
前方夜色寂静，星辰磊落……

纰漏

长久我聆听你深情的纰漏，
不觉得是我自己在把它弹奏。

渗透的，爱的纰漏，
为此我犯下庄严的错误，
一连串恚怨，

无休止的期艾，
仿佛在它水滴石穿的溶洞，
端坐着数万年前的我，
俯身，屏息——
它心想我入手的力度不够温柔，
我用功的指尖还精准不够。

然而好细腻的宽容，
好专注的珍重——

厚爱的钢琴终叙款曲，
在弹得清脆的
同时，用心弹出进化的隽永……

木乃伊

博物馆昏暗的陈列室里，
木乃伊叹了口气：
在得到夜蛾荡逸的快乐
以及人形的
天使的自由之前，
时辰啊，我只好化身为蛹——
即使我早已厌倦了
每天这样躺着，
这束缚的，死睡的耐力
并没有等来别梦中健忘的谁
为我砉然化解
这缠绕千载的沉寂，
再为我赶走
这烦神的，游人如织的倥偬……

擦肩而逝

擦肩而逝的路人虽多，
却少有跟词语错过；
世态的变幻中我夫复何求——
字永远大于生活。

寸土

一切都还为时不晚，
语言的寸土庙宇轩然——
除了不安的我憔悴又老气，
沉静的我清秀又年轻。

吾不敢

吾不敢独享，
时光容进书剑的神藏；
吾不敢为主，
龙吟不让啸傲的猛虎。

蝈蝈

别有一种动听的回车键，
蝈蝈用它敲击世界的铁栏；
看守和犯人一道听着，
只当是蝈蝈忍不住寂寞……

七步诗

诗苛求的丕构令人走下去，
听命于词霸计较的步履——
豆子把根须植入淤泥中苦寻，
只为几行豆萁高超入云。

活球

乏味的人，请你咀嚼的舌头
放过我！
我是那幸存的穿山甲，
只剩下被你一样的幸存者
吃出的稀有。
天赋给我披上闪光的甲胄，
却不是要跟谁战斗，
而是像一颗与我们
同在的行星，
于寤梦中蜷成一个存亡的活球。

水仙

美是无知的：池畔，笔挺的水仙懵然开放。
美无视它临风的标致：水仙摇曳，

不觉得凛冽的空气中，
有它野雉的眼睛，塞听的耳朵，鼓捣的嘴，
作怪的鼻子。

直到摩挲的池水静谧下来，
凝聚成一块镜泊——
一个俜亭的凌波少年栽了进去，
水面碎了……

春天，苏醒的世界繁花盛开，
幸好因为美的无知。

鲸

才睡，才睡，看它活得多累！
入定，以足够的沉重
倒立，不觉得自己是条大鱼。

一只贼鸥落在它崭露的脊背，
以为是一座岛屿——
它悠闲着，摆动不翅的前肢，

徐缓而直接，旨在遨游！
不赚取眼球，
也不向出勤的潜艇证明自己；

出于天性，保证它去到漆黑的渊底，
要求格外的冷遇，
重返，记忆深寻的沟回。

渴望懂我的人请到一边去吧！
灰鲸逃避着，并不苦想它请求的范围
是否也来自一头抹香鲸，

座头鲸，或者蓝鲸——
是在捕猎者详尽的计划中，
还是在赏鲸人昂贵的望远镜里。

抬头看，繁星正被吸入宇宙巨大的胃口，
它却逸然吐出一束花，

换了口气，又沉下去了。

憋得怪久的，以至于各国的监听里，
它消磨的，不绝的歌，
像是在自我的，疗程的绵绵梦魇中

哭，在行星的水牢中哭……

谈幸福

侯马

四年

——致夏尔

我不畏惧四年
我的大学给了我一把
名叫四年的尺子
当我描述丰台的生涯时
我会说四年
而关于二龙路
我则说不到四年
回到前门是最快的四年
我准备写一首关于四年的诗的时候
发现有个大学生说他
丢了一个叫四年的东西
我毫不犹豫在二等奖名单
给了他一席之地
四年是刻度
还是硬度和密度
也许在这最后的半年
你能浇注出压舱的四年

午夜春晚

我在午夜看春晚
我似乎是一个人
在午夜之前看春晚
我似乎是在看下一个
春晚

没有什么比春晚更让我感到
父母酣睡
生活简朴
没有什么比春晚更让我觉得
没有姐妹
幻想苍白
我就那么坐在
硬木小椅子上
民族服饰和千篇一律的嗓音
使我对幸福产生了一个巨大无比
无论我实际幸福与否都填不满的洞

里格朗

我们在赫尔辛基一家很民族的餐馆吃饭
典型的拉普兰风味
墙上挂着鹿角兽皮之类
似乎有点像黑龙江的鄂伦春族
有一个符号挂在中央
似乎有点像云南的纳西文字
但是当沃里局长告诉我芬兰有一个词
这个词
没有任何意思
它只是很难发音而已
甚至他们在战场以此分辨敌我
而当其中一位芬兰同事发出此音
全场果然爆发出赞叹的大笑
我搜肠刮肚
也没有发现我的母语中有这类词语

干杯

一个芬兰人告诉我
挪威人丹麦人瑞典人
喝酒时说同一个词
这个词词根的意思是
砍下脑袋喝脑浆
但芬兰人不说这个词
芬兰人说干的词里没有这个意思
他问我
中国人干的意思是什么呢
我思考了一下说
一条大河没有水了
露出河床就是干

邂逅

我在街心公园转了几圈
天仍然未亮
那也比在宾馆房间里强
毕竟这才是活生生的伦敦
而当我决定去街巷看看时
果然碰见一个戴绒帽的人
他坐在一户人家门前台阶上
旁边是干瘪的一个袋子
他抬眼望我
但我知道他不会打破沉默
我去过许多城市
刻骨铭心的总是流浪的人

夜鸟

在伦敦街头漫步
突然听到鸟鸣的声音
来自一棵光秃秃的大树
并且只有一只鸟的声音
虽非贵族但也非芸芸众鸟
噢，不，我错了
在这儿体型中等的鸟好像
就是芸芸众鸟
因为没有数量巨大的麻雀
给它们垫底了
借着黑青的天幕
我仰首仔细地分辨枝杈
正如一个落单又失眠的访客

憨憨

憨憨年轻时入伍
在西藏当了军官
他儿子长大后被他送回内地
托付给我爸爸
而不是当公安局长的舅舅
他儿子嗜酒、仗义
有一次把小偷堵在墙上
进退两难
又一次酒后逼一个路人
在他家干活
路人家里报案
公安局把他抓了
我爸爸去找他舅舅
俩人都同意
让他受受教育
关了几年
死在监狱了
而那个大义灭亲的舅舅
后来贪腐也进了监狱
憨憨退休在成都休养
憨憨
在方言中的意思
让人怜爱的傻瓜

贰分

有个小伙子在西打磨厂
协和医院旧址门前掏兜
硬币掉在灰色的海绵砖上
叮当一声从我身体深处
唤出一个七岁的孩子
我没想到他还在那里
我感受到他手攥伍分的财富
壹分的怜惜和贰分的平静
我没想到我依然是我
经历了诸多沧桑
我第一个念头就是希望
我退休以后他仍在
朝夕相处
是我好友

人字斗篷

手书后的剧痛
已完全记不起来了
只记得我龇牙咧嘴
在积水潭畔
这元大都的运河码头

皇家洗象池
疾走
甚至连疾走
也记不起来了
只记得我穿一件
便宜但时尚的
人字图案大衣
大衣仿佛斗篷
在湖畔飘

特殊教育

片警把安全知识
刺成了盲文
就像蚕宝宝
下在草纸上的卵
我告诉一位盲女
她长得很美
全班开心地大笑
也明显地惊讶
这位少女天真地说
我一点都不知道呵
我担心老师没告诉过她
更担心他们不认为她美

黄昏

世界美好就在于我喜爱黄昏
而生活每天都会送来黄昏
先是晚霞在天边敲锣打鼓
然后树木房屋影影绰绰
鸡犬牛马熟识家门
炊烟旱烟缭绕人间
我的奢望是麻雀安眠
仿佛它们住进了东房
就默认了驯养
不，永远没有这样的时刻
它们比天上的星星都冷漠
而突然黄昏被人类的路灯打断
整个人类也送别了他的童年

一小块玻璃

我在1978年以前
拥有了许多宝贵的经验
比如我理解什么叫
窗户纸一捅就破
实际上去捅窗户纸
是十分困难的
中间隔着全部的伦理和禁忌
我的生活简单
但充满了仪式感
这使我觉得
装一小块玻璃足够了
因为窗户天然属于窗户纸
而这小块也属于
玻璃后面女眷的眉眼

小巷

小巷
又弯又长
夏尔幼时
我给他读

顾城的《小巷》
他一遍
就记住了
“小象
弯弯的
鼻子”

致儿书

亲爱的夏尔
上周日我跟你妈妈
参观了国科大
她的开阔典雅和美丽
总让我想到想象中的波大
正是秋日
我们从黄昏
一直走到夜幕降临
那是一次因走到疲惫
而身心愉悦的散步
只是晚饭不够完美
真应该在校园食堂就餐
在那里我见到一位女生
她没有同伴
用筷子夹着一枚
完整的饺子
呵，这就是女孩子
她并不吞下
而是一小口一小口咬着

钞票

我经历过很长一段
钞票不仅是面值
钞票还是钞票本身的时光
从甲手到乙手
它被磨得
像一块棉布
它是被时光磨薄的
但它仿佛在有生之年
把光阴固定住了
时光流转
而财富恒定
我想认识
跟我使用过同一张钞票的人
而不是仅仅看着
他写在钞票上的陌生姓名

儿子这是爸爸的钱

夏尔第一次
去银行
当我在ATM机上
操作一番
钞票
一张张喷出时
他由衷地说
爸爸
银行真好

谈幸福

自命不凡的人不谈幸福
幸福让人感到愚蠢
但是

绝对没有人愿意不幸
所以逃避的说法就是
凑合
而他在长久的失意中
早已锤炼出不以幸福与否
评价自身的价值观念
他是一个内心的革命者
虚无主义
现在的问题很简单
也很尖锐
他被韩剧的台词
搞得泪水滚动
必须面临是否
对穿越漫漫青春的儿子
献上幸福的祝福

一个力

我第二次路过省城
跟爸爸去看望我姐
她走出校门
穿过马路时
有一辆自行车
后座载着一位
抱着一块大玻璃的人
自行车不敢刹车
不敢拐弯
直直撞上我姐
她一下跪在地上
我和爸爸在马路对面
望着这揪心的一幕
急得直喊
却没听到一点声音

雪夜

我跟朋友
在车里等他的女友
她快到时
我们正要下车
看到她突然滑了一下
跪在了北京冬夜的薄雪上
她穿着单裤
磕破膝盖却没有一句怨言
而风雪开始越来越大
压断了无数街旁的树枝
车开得很慢
仿佛不愿承载
这毫无意义的永恒

冬日户外窗棂的心情

冬日户外窗棂的心情
是寒风吹得窗户纸直响的心情
是油漆剥落窗棂布满木刺的心情
是冬日回家夜幕已降临的心情
是亲人健在但注定隔世的心情
是青砖窗台上灰尘的心情
是户外天寒地冻的心情
是命运一般的心情
是无法逃离的心情
是时代停滞了
背着书包路过的心情

窗口的一阵风

童年、少年乃至青年时刻
我都感受过窗口吹来的一阵风
是那种完全无意中
款款袭来的一阵风
当我多年笔耕之后
我认识到它是贫穷岁月里的
一笔财富
如今我试图理解
它在不同时代
带给不同人生境遇的
那份自由

箩筐

莫非

立春

粉色如云的花朵，雨水淋漓的枝条
鸟一样扑棱的春夜，从山外打开

千山之门径。赤脚的孩子飞过沟壑
赤脚的泥土传来震动。早的樱桃

晚的杏子，正好是漆黑树上的鹊巢
寂静是一个人发呆过后，看见你

时间抽出的根芽，给时间抛到后面
像滴一声答。孤单的人啊孤单的

万物细小而浩荡。星辰野蜂闪烁
无有着落的人有了着落。仿佛石头

落在摇晃的石头上不再摇晃仿佛
雨水的花瓣，流水而去却不见流水

猪年

猪年也是一天。哼哼着过去了
荒野上的苋菜和豆子，分了四块

泥土发芽开花，石头结果烂掉
仿佛人脉和叶脉仅仅隔着一层纸

时间也太久了。看不透的光线
穿过必死的灵魂。火的梯子上升

屋顶出现轮廓之后，星星散去
槐树枝打扫天空，同样打扫槐树

落在操场上的孩子们，因为恐惧
长出翅膀，因为数学不怕长大

寂静不会爆发。远处一阵爆竹
一阵回响，也是从去年飘过来的

红薯

我给红薯浇水。红薯的新芽也是红的
而且这里根本用不上。一个词儿浸泡着

红薯长出了新芽。大海提到岸上的食粮
喂养着云雾的河山。牵牛花打开天空

帆船和绳索捆绑航行。我给红薯浇水
从明朝发生一直到今天早上，秧蔓继续

在盘子里无所顾忌。从大地的更深处
唯有天意带来的根苗，才可以千秋万代

我给红薯浇水。太阳在不配照耀的地方
照看天下的孤儿。风还在水草中运行

然后悄然死去。淀粉和糖是最好的结果
在埋藏中，一根藤就拉扯了整个人类

新月

在山顶西边还偏南一点儿。你那里
正好是西面的楼上。絮絮叨叨的云朵

从窗外缓缓滑过。一些地方下着雨
一些地方下雪很久了。时候的确不同

万物数着星星。恐怕星星不知道究竟
那么多黑夜里那么多人，做一件事

仙女们在街上现身。雨和雪在一起
谋求世界的各种颜料。木兰花开树上

木兰树下都是枯草。寂静刀锋闪烁
时光暗淡的一面，刻画着无常和欢喜

本来一只不穿的袜子，在早上脱落
编织的技艺不能传授就不算什么技艺

无患子

无患子细黑的树梢，像掂量过一样
长短也那么均匀。梯子一直高处生长

俯视人间的井水与溪水。芭蕉边上
杜英落叶如花。看不见的人啊看窗外

不像一场雪刚刚来过。石头的缝隙
石头的门槛儿，留给节气和一阵哭喊

万物不会匆匆收场。种子发芽仿佛
每一天也因此有了根据。词语的隔阂

在时间的表面上褪色。剪刀的咔嚓声
惊动的不是剪刀。阴影树立了森林

青苔滋养雪后的源泉。看不见的人
举着芄兰，如一盏灯屏住最后的呼吸

窗外的雪

这一场去年冬天的雪，落在立春之后
白塔寺的白塔并不清楚。白塔寺的胡同

因为雪而拥挤。你在那里来回走来回
枣树不是一棵开始摇晃。鲁迅家的野草

隔着三味书屋。绍兴和北平也在一起
发芽的全都是危险的，不管是种子还是

废墟上的朽木。你听见雪的声音飘忽
喜鹊的声音仿佛薄冰的裂纹，那么清澈

蜡梅开到正月里。窗外则是另外的树木
任人涂抹像孩子们的玩耍，并不新鲜

葫芦和糖葫芦都忘了。何首乌和木莲
缠绕着，一场雪的铺垫给记忆喊了出来

春分

天平的两边都悬着。黑夜一样白昼一样
唯有春色更轻。这世界无多什么无少什么

隔年的树叶又绿了。雨水种在水里长蒹葭
石头种在山上长芄兰。垄沟里的马蹄铁

有的发力有的生锈，依旧是从前的马蹄铁
桃花打碎了花瓶，好像桃花落下的瓷片

活色生香依旧。似乎杏花除了墙里墙外
就没有别的去处。好在一千零一片叶子里

茶是最终的美，尽管被蹂躏被煎熬被泼掉
在尝过所有的味道之后，时间之快之慢

人间还没有尝够。唯有造物主不会偏向
乞丐和皇帝。在万物上甘苦一样悲欣一样

梨花一样白

梨花一样白，就没梨花像梨花一样
梨花一样的三月，是什么也不像

我喜欢是。喜欢是的时候是最美的
喜欢是和不是在一起。尽管很难

木瓜和海棠在一起。看上去那么笨
我也很喜欢。杏花下雨梨花下雪

如此剧烈如此平淡。聪明的说明书
根本帮不上什么。天气不要说明

好天气归于风。不好的脾气归我
春草池塘在一起，因为池塘生春草

我喜欢池塘，时间不会白白跑掉
而梨花流水下山，是不是你都说了

二月兰

还可以二月兰煮个菜。二月兰和萝卜
是近邻也是远亲。开花开成片的花

开风车一样的花。潮白河真是辽阔
没有水声只有柳树。杨树在岸上更高

大片的二月兰在低处摇晃。在低处
任性而明亮。蒹葭是去年秋天的样子

此刻只是芦苇刚冒尖儿。盘根错节
生死都一起。二月到三月并非是排列

雨雪不管什么时候。二月兰早在那里
开蓝色十字的花，开十字白色的花

仿佛草木的世界，充满了人的气息
老鼠看见洞口青草，给自己吓了一跳

樱桃

白白开了一树的花。不管樱桃做什么
不管风向哪一边说什么。一树的花

白白开了。这个世界还是一片荒野
月光如王维眼中的青苔。在高处

重回枝桠的落叶依旧新鲜。种子漆黑
石头干脆击打石头。没有一个人

跟万物招呼一下。探出词语的洞穴
仿佛春天毫无启示。节令和蔬菜

根本没有合同。仅仅按照播种的顺序
豆子发芽毁了前世今生。就像樱桃

开花一样干净。不管结果是什么
你都看见，该下雨的时候下了一次雪

箩筐

一直挂在柳树上。垂下来的枝梢摆动
箩筐里的秋天。下雨好像不是此刻

柳树的嫩芽和野菜同时。花絮飞来
燕子飞到花絮中，几乎可以说答对了

几乎一个人望着箩筐，不知道究竟
究竟是另外一个人，写诗写到果筐里

落叶和傍晚平行。湖水并不执行历法
节气和气节无法对照。箩筐在高处

种子在柳树上发芽，否则树干光滑
箩筐里啥也没有。播种和扦插都一样

仅仅是柳条的编织。万物不断生长
最初是花絮，后来才是不透风的箩筐

谷雨

山在山顶上才歇息。一小块石头发芽
然后一小块土豆开花。雨水从山顶下来

一小块石头写成一大块。春天的台阶

没有春天走过。好像荠菜易老芍药治病

孩子们醒着，从樱桃飞到樱桃树上
拖地的米口袋是蓝色的。黄耆在最后

万物的寂静是白色的。只有豆子满了
听风声日夜消磨。只有无边无际的时间

针线包里空空如也。萝藦叫芄兰回来
木瓜叫海棠照看西府。那些不答应的人

被自己的天气灼伤。仿佛一大块石头
落在脚下，风吹没有草动没有谷雨没有

宋瓷颂

赵野

一

起初，是一阵风，吹过水面
自然的纹理，激荡空无的远
再返回，大地上最初的色彩
与形状被唤醒，袅袅烟岚中
哲学和诗歌开始了轻盈统治
山河跃跃欲试，言辞闪着光
涌向汴梁，一个未知的时代
要发明新风尚，把一切打开
帝国尚踌躇，不经意间，美
已到边界，建立起最高法则

二

他梦到一种颜色，雨过天青
来世灼灼光芒，点燃龙涎香
芬郁满城，二十只瑞鹤降临
白云悠悠啊，我清瘦的笔触
似金箔，只描绘不朽的行迹
火光烛空明，夜，人不能寝
词与物合，桃花薄冰中绽开
又委顿一地，我要活出绝对
苍天可鉴，凤凰非梧桐不栖
一旦赢了美，江山何妨输尽

三

在静默中求声音，如在黑里
找寻白，泥土有自己的念想
混合着夜的褶皱，炼金士的
纤纤素手，梳理着白昼疯狂
向往赤子的清澈，诸象渐渐
消失，成为色与空的教科书
看，天理在兹，而尘欲高蹈
岩石的激情静水流深，其实
我们一生努力，不就是为了
极限处脱离形体，径入永恒

四

寂灭在寂灭之外，何染纤尘
世界，太多的喧嚣，一点冷
从地心穿过火焰，雪花纷纷
在身体洒落，携带六经话语
所以一片瓷，就是一个君子
磊磊若松下清风，惊鸿暗度
高古的旷野，万物一片圆融
幽兰轻轻在日落的山梁升起
我恍若隔世，返回永生之地
夜夜看月缺月盈，不悲不喜

五

这是文明的正午，一部青史
裂缝中漏出的光，改变过去
并昭示未来，天下素面相见
燕子飞出文字，元音把时间
熔铸进空间，成就终极之诗
樱桃涅槃，一法含有一切法
万法山林流云，因此一代代
在内心的尺度中，蓦然回首
美即自然，自然即美，风啊
早已在水上写下天启的颂辞

说说鸟吧

潘洗尘

希望他渡过厄难

十几年前
一个手下的员工
骗走了几十万后
杳无音讯

这些年
我无数次路过
他的家乡
都没有试图去找他

其实我心里还是一直希望
他能来找我
如果他来还钱
我就知道
他已渡过了生活的厄难
如果他只是来说声对不起
那也说明他至少渡过了
心理的厄难

学会发现美

早晨
在盥洗室的水盆里
我看见了
暗红色的杜鹃
一朵

两朵
三朵

这些原本积淤在
我心底的花啊

让我学会
在生命的短暂
与残酷里
发现美

深夜梦见自己

没有母亲
没有故乡

茫茫然
只能做一条
丧家之犬

但一条
久病缠身的老狗
能走多远

说说鸟吧

“时间来不及了
我不能再做比喻”

何况在真理面前
修辞往往带有
太多的局限

比如一只鸟的鸣叫
纯属天籁
歌唱这个词
此处就应该禁用
人类怎么可能发出
那么动听的声音

而我　一个人间庸俗的
恐高症患者
就算再渴望飞翔
也只能在向肉体
诀别的时候
才可以回到
自己的灵魂——

那只脊背上长满了
红蓝相间羽毛的
鸟儿

往事

记不得上一次大发雷霆
是多少年前的事了

那时我还一个人
住在办公室

有一天凌晨三点
我砸完自己的电脑
和办公桌
然后平静的给办公室主任
打电话
让她马上到公司
清理战场

第二天一大早
员工们陆续上班
我依然是他们
笑容可掬的老板

请原谅

如果词语
始终不能唤醒你们

请原谅
我要抒情了

可以预见

多么漫长的冬天
寒冷一脸狞笑
看　我们可以不费
一兵一卒
一枪一弹

但越冬的人
早已在内心
点起了炉火

这灼烧
这翻腾
这愤怒

可以预见
请原谅一个
如此主观的词语吧
因为春风未起
我已认出了
那些灰烬

极端的阅读

自从装了壁炉之后
家里烧得最多的
不是柴
是诗

比如自己的
《燃烧的肝胆》

在我看来
这才是一种
极端的阅读方式
好的诗歌
不仅可以火焰更高
散发的热量
也会更强

所以每天清理炉膛
我都会先把自己的手
洗得干干净净
然后　开始在那一堆
灰烬中
翻捡好诗留下的
舍利子

天再冷也冻不死天意

天再冷
也冻不死天意

这是我撂给今年的话
明年我还会这么说

即便有一天
我也被冻死了
再也说不出口

那也是——
天意

冬至

说到底　我还是一个
北方人
虽然生活在
草木葱茂的世界
但我知道自己
真正需要的
也就那么一两株
单调的杨柳
就像此刻我的窗前
百鸟啾啾
但真正能在我心里筑巢的
也还是那三五只
枯燥的麻雀

原谅我不能
把冬至和你一起当节日
当我写下这两个字：
冬至——
就是写下被大雪湮灭的
所有道路
就是写下大片大片
滴水成冰的土地之上
那终将无法避免的
大片大片的死亡
我惊慌得甚至来不及
细想这些词
蕴含着怎样的
隐喻

这世界真的是
冷　太冷了
今天不分男女老幼
我对收到所有的问候
都复以简单的
拥抱

如果有一天

如果有一天
我死了
只希望能不惊扰
所有的朋友

更不要写悲痛的诗
一个字都不要
愿意送最后一程的
就请一起开一个
快乐的追思会
虽然这一生
我们经历的快乐并不多
但哪怕就那么一点一滴

也请大家唱着欢乐的歌
开开心心地把它们
回忆个遍

如果那时你们还能
听见我说话
最后的一句一定是：
“惭愧　惭愧
我已抵达
自由的！天堂”

至暗时刻

如果黎明真的到来
我也会觉得
至暗时刻
总是短暂的

但很多时候
在历史的放大镜下
我们看到的
却是被黑暗埋葬的
整整一代人
或几代人

花园里那棵高大茂密的樱桃树

花园里那棵高大茂密的樱桃树
就要把枝头探到床头了

回家的第一个晚上睡得并不好
但看着叶子间跳来跳去的鸟
我还是涌起阵阵欣喜

如果有一天能变成它们当中的一只
该有多好啊

我还可以继续在家中的花园飞绕
朋友们还可以时不时来坐坐

想到此　我好像真的就听到谁
手指树梢说了一句　你们看
洗尘就在那儿呢

重庆

山那么多
天那么低

雾那么重
云那么密

没点心胸
可怎么活

有没有这样一种诗歌

有没有这样一种人生
不劳　也不获

有没有这样一种生活
水自流　云自飘

有没有这样的一种诗歌

写作的成本

可以不这么高

撑

这些年
也包括那些年
人生　就像一把
随时撑着的伞

现在　必须要撑起的
还有这条命

一个人

一个人坐火车
一个人吃饭
一个人编刊物
一个人办诗歌节

一个人在
去往天堂的路上
还有许多未竟的事儿
所以一个人睡觉前
要把救命的药瓶打开
放在床头

一张欠条

欠山的　欠水的
尤其欠这大地的
更欠这大地上
那些非亲非故的
粮食的

所以　死后不要烧了我
请把我当成欠条
埋在泥土里
这辈子还不完的
让我来世接着还

那是什么时候的我呀

那是什么时候的我还能
枕着稻田里厚厚的蛙鸣
醒来睡去睡去又醒来
如今窗前的禾苗还在
不停地长
却只有五千亩的寂静
空荡荡寂静
空荡荡

那又是什么时候什么时候的
我呀还能背着女儿
跟院子里的蚂蚱和狗儿
跑来跑去跑来又跑去
如今燕子的翅膀已被女儿
借走了
唯留一排屋檐
空荡荡屋檐
空荡荡

那到底是什么时候
什么时候的我呀还能和母亲
一起坐在家门口
如今只剩我的一颗心
化作孤零零的稻草人
守着母亲的墓地
空荡荡墓地
空荡荡

生活已足够悲苦

我承认自己脆弱
所以怕极了朋友圈
传出的各种噩耗

生活已足够悲苦
谁都会有那么一天

所以轮到我时　恳请
我至亲至爱的朋友们
不发讣告
不悼念
也不回忆

那我也知道
你们是爱我的!

何况　平时大家就很少见面
谁也不说死了
就等于活着
这样多好

没有对错

做过很多错事
不能忘　但也不想说了

但有两件
是做对的

23岁辞去公职
44岁再辞私职
尽管那时
我对地球离开谁都会转的
这句话
还不甚了了

但现在
似乎只剩下一件事了
等那么一天
再向生命请辞
没有对错

收藏品

杨森君

收藏品

我收集并喜爱了多年的器物
常被我反复抚摸，这是它们需要的
冥冥之中，我们的命运互相参与
这在外人看来，略有不解
从一个地方转移到另一个地方
我必须小心翼翼，像敬畏神灵
我借助过光亮或显微镜一再确认它们
试图发现留在它们上面的任何线索
一个疤痕的来源，一条缝隙隐藏的秘密
以及，一些看不清的擦痕
它们都在诠释着过去发生过的一切
它们像我一样年轻过，但不会像我一样鲁莽
比如，一只宋代的梅瓶，从出炉
到摆放在某张案面上，始终是被人抱着的
抱起，放下，几乎听不到声响
因为喜欢它们，我养成了轻拿轻放的习惯
也养成了，听命于岁月磨炼出的温和的脾性

访1958艺术村

艺术家、伪艺术家
分不清的时候
你还可以保持对某人的崇拜
也可以与他们中的任何一位称兄道弟

谁是艺术家，谁是伪艺术家

单从他们的装束无法判别

女人刮成光头
男人长发及腰
只要他们
心怀善意
客气地为你
递过来一杯白开水

只要他们
阻止你伤及
一些闲花闲草
你就可以认他们
做朋友

活着并非易事
容许这些艺术家们侃侃而谈
容许一个形似潦倒的艺术家夸下海口
在深夜的贺兰山下
像古人那样支起石灯
过他们认为的艺术家的日子

不管出于何故
想想他们背井离乡来到贺兰山下
我的心就会变软

如果此时
从对面走过来一个人
哪怕他是一个伪艺术家
我也会走过去
与他亲切地握手

巨型马车

在1958艺术村遗址
它占有一席之地，正如我们所见
它超长庞大的投影，占去了半个废弃的广场

一匹铁马也是如此
超过十米长的铁马，只出现在艺术造型中

什么也没有拉的一辆空马车
我们坐在上面，以为此处只是途经之地
我们正从一个地方赶往另一个地方

这只不过是满足了我们的想象
坐在马车上，艺术让我们
获得了乘坐马车的威武与雄风，其实马车

依然停在原地
遍布它全身的暗红色的铁锈
其实已经在提示我们
即便是一块铁，消失只是时间问题

对此，我们并无察觉，只把它
看成是一个坚固的巨大的存在物

悬空的石牛

这个被命名为“我是谁”的造型
第一眼我就认定它是一头悬空的石牛

站在它高大的形体下面
我们谁都不是它的对手

一头牛的个别特征

让它看起来就是一头石牛

在它硕大的轮廓上
我还看出了一头大象的特征

在它沉默的表情上
我还看出了一只乌龟的脸面

这不影响它依然是
一头悬空的石牛

就像在一个人的身上
上帝与魔鬼的特征同在时

不影响他作为一个人的
真实存在

石头的完整性再定义

一块石头裂开了
它不能再裂了

再裂它就不完整了
这是我最初的想法

后来的想法是
也许彻底裂开
石头才会轻松

于是
我抱起那块石头
用力摔下
把一块完整的石头
摔成了两块完整的石头

遥远的楼兰

月光是裹着楼兰的一块旧式丝绸
它在每个晴亮的夜晚
披下来

月光也可以是一种酒
一饮再饮
盛满它的
依然是另一个星球

一块彩玉的前世
可能是一位荒凉的兄弟
也可能是一位逃婚的妹妹

它允许你千里迢迢地赶来
允许你带它到一个繁华的世间
从此，结束它的孤单

那么，不要截下一匹马
不要告诉下一个寻觅者
——楼兰已毁

大漠之上幸存的木桩
立了多少年
天地之间的沙粒就磨损了它们多少年

这就是楼兰废墟么
谁才是它真正的认领者

我宁愿相信
一个叫楼兰的女子，还活着
她一直在转世

在西去楼兰的路上
我一次次遇见过她——

不是卖玉的汉族姑娘师凤琴
就是漂亮的维吾尔族姑娘依米古丽

装饰物

朋友位于市中心的画室里
新挂了一只牛头

看不到牛身子的牛头
总会让人联想到一个血腥的场景

牛头显然经过了后期加工
一对玻璃球充当了牛的两只眼睛

牛头注视着我
我也注视着牛头

这只牛头已经不知道怀念草原了
作为一件装饰物，它既不知饥饿，也不知生死

不管是出于艺术的需求
还是彰显个人的癖好

这无疑是一种残忍的美学
辜负了我们对生命应有的敬意

四月，想象一棵稠李

骆家

四月，想象一棵稠李

——赠语珺

无论哪一个春天，无论谁
桃花还是李花，曾会想到凋败
不会；因为叶赛宁赞美过
这春天的“卷发”，绝望的爱与欲
它们纠缠如贪心的舌头
投进黑暗的光无须伪装，穿过想象
桃李无言，冷峻的人影和流水
想象地进入如落英之箭。然后忘却
丹田之媚。花瓣儿踩到脚背
一样高大的天空繁花似锦，斜射光
孤独设计的布景，时间最佳道具
似摆拍。四月的风好过装置
植田正治老家的“鸟取沙丘”，并交叉
马可·波罗的海与何藩对角线
但再好的句子，也写不出你
和四月稠李的嫩枝摇曳的样子

（注：稠李属蔷薇科稠李属，高大落叶乔木，原产北美。俄罗斯诗人叶赛宁曾写稠李诗。植田正治、何藩均为著名摄影师。）

桉树的公开信

斜对面的一号仓库被锁死，门锈了许久
本地高僧多，做个好和尚的路选择却不多

听说桉树的根底很厚、很霸道，听说
冬天聪明绝顶，那棵不长叶只长根的艺术
好渴。看看吧，桉树伸长了脖子望
眼神无法集中的道具，鼓胀的尿不湿
不开玩笑的中午，速度蹿红
查票的眼睛　哥交卷的时候，不许弥补微笑
车站没抄袭车站，翘臀鸟如电线般齐整
桩基础比眼窝深，比骨头硬。卅年
律师裁一块四方油苫布，不可能：偷油的嘴
没一点儿油星，倒春寒挨家挨户来访
往后，西家的凤尾竹日复一日丰盈
养乐多、奶糖、指鹿为马和紫菜卷轮番上市
数几个隧道为何需要那么多车轮怒吼
怀集站到了，雨还未准备倾盆
大岐山独扔不掉肩上仁者的一身行头

光华铺

（吊湘江战役旧址）

那些烧石灰的烟囱三三两两闲游
吐出的白烟让三月的烟色更浓
近乎白描的水墨一直画到榕江、严关
再到已被遗忘的兴安光华铺

油茶不是茶，窗前新色如万花筒
一条湘江像春天饱蘸的更大一滴墨
而崇山峻岭中，血沿路洇过来
桃花、梨花和油菜花开在女人的发髻

隔着漓江相对无语，看不见水光
听不见老山界的惊雷
天堂地堂水堂越织越密的细雨醒来
江水又绿，那是一池塌陷的香火

灵渠，春醒又落后……

漓江边陌生的故人来
看秧苗下田，将隐去的词
花伞如菇，春困症发作
老远还听见竹竿啪啪韵脚开花

绿肺肿起不一样的清新
城郊的屋顶花园，可别指望
时间和春色被剪得整齐
有些老树的根枯死，有些

发了芽。白铁皮向东，平流雾
反行，黑影包括鬼魅山与乌衣人
愈来愈凶狠，擦肩过的烟雨
方阵。终场，春醒又落后……

兴安渠水淙淙，雨下大了力气
攀缘的石阶仿佛亢奋指数
风的派息日，熊蜂跳槽
灵渠，一条漆不完的大驳船

一声不吭

一

催房租的有很多人不露面，暖阳下
饿了吗仍然裹着蓝棉衣
年，一截千疮百孔的漂流木

有人的生日是个谜，有的名字
不真；笔名不止一个
真，唯有写下的诗。是火和星星

透过芒果树，直射光晃花了眼

墙缝的鬼针草熟了，大叶榕长高了
而它的成功从不引人注目

曾经饿死那么多人的土地
今天养活了更多的人。但那些哭泣的
死灵魂在太阳落下的时候或会复活

二
不因为是裂缝就不长大树
什么命都能在那里活，局促、压抑
或不比再小、再默默无闻的野草

夹角，那棵黄葛树挂上了红灯笼
它的根撑破墙肚之前
你得相信，它会一声不吭

酢浆草的花很艳，马樱丹离它不远
没有名字，时间穿过的那条小路
两旁几乎高过人的浓荫叫滴水观音

金桂飘香前，少人想起桂花树
名气大有用，像过年的时候
大门口摆上两盆盆栽橘子

带一本《新九叶集》去看张齐努

上周末意外的惊喜是尝到雕塑家的私房菜
——梅花肘
我刚吃两筷子就没了
约好今天带一本《新九叶集》去看张齐努
不是谈诗或偷学厨艺，只想再续两年前邀约
到甘坑看他的羽林计划
去梅花巷看他“砍鸟”（用一万截小木头）
——雨林鸟

可惜他说最近砍鸟太多手腕不巧受伤
很多鸟儿只能再等等
晚一点降生有晚一点的好
好比这个下午
不好意思说今天要再吃两筷子只能说
雨林鸟比梅花肘应该更生活，或者……

父亲

小区的树下，一位年轻的父亲
带娃在前面走。一步一回头
娃娃刚学会走路不久，小手
一直伸向他的父亲

我不禁想起我的父亲，想起
我也曾是那位年轻的人父
也曾是那个咿呀学语蹒跚学步的娃
想起那个娃一定会长大

也会成为父亲，也会带自己的娃
也在春日的晨光里学走路
一双小手前伸。我驻足，含着笑
和泪。想起父亲，却又春分

系统默认说

床太窄，凳子和想象伸不开腿脚
把窗帘挂矮，发动机的尖叫钻心地疼
村外的海鲜城被指定系统默认
几群岛外游客摇晃着饮尽一池海水

有一双拐杖想要飞起来
有一面倒影希望喝干瓶底
上下册的名气传到楼顶，一片青皮
牵起腿软的山冈和海滩。它拒绝北风

早上5:50，第一声鸡叫文明又激越
中年的前列腺闹钟一阵阵发紧
系统瘫痪，草原的皮肤被晒伤后
躲到港口的灯光相约集体裸泳
给蚊子留一丝门缝，优先原则让给日出
酒红色头大，那顶貂皮帽老戴不上

影子鞭

有些光总离不开黑暗
有些光不是，它属于
乌衣代驾者。它很谦逊，以为
世界的座次终将捋顺起来
好看起来，至少比白天的斑马线
好看。穿新马甲今天也没用
风一路打听过来也没用
月亮想圆就圆
譬如今晚缄默
沙河如镜像，梦游症者只剩下
带刺的黑夜，还有许多盲点
影子是鞭
最可惜的不是，我们错怪了
它无意擦去的反光

大梅沙，或打领带的树想要开花

春天不打鸟，春天多吃素的日子
陈年的高血压怀疑新芽
脑门充了整晚的电
睡着的眼睛数对了心跳
这些都需要反复验算，起夜不断勘误
异木棉花沉默的时候还好说话
像一棵打领带的树想要开花
留不住的，那些西伯利亚候鸟
脾气暴躁，如正月十六炸开的灯笼
吵醒六亲不认的鼾声
也会失落。而每一杯落花的残羹
像一树的热闹都有人捡走
大梅沙海滨公园此刻没有人，海面
和那些集装箱玩具被一只抬头石狮把守
拆后的许村废墟中又长出些新房子
新意不及布鲁赫G小调小提琴协奏曲前奏

从租来的阳台望出去……

似乎看得见二月闲春，此外
眼前六条马路，每一条都车水马龙
讨厌烟屁股，但此刻
要猛啄一口“哈瓦那”。华灯初上
它们将夜幕烧出无数个洞，夜要透透气
远处的山丘无法叫出的名字
塘朗山？笔架山？它们圆润如乳
至少坚挺、结实
但从没见过一双颤抖的大手
可以不将它抚摸
从租来的阳台望出去——
车流憧憧，都只是滚滚红尘
地球一条船，徒劳地、自恋地瑟瑟抖动
猛吸最后一口，观自在灯影、车影、山影

另一个宇宙

叶匡政

光线

微暗的床边
闪亮的针尖。外婆
飞针走线时安详、严肃的脸

针尖使人朴素，只缝补今日
它指向这里
指向人活着的地方

当外婆离去时
嘴里含满了茶叶
针尖使我可以忍受自己的幸福

为了亮一些，她移到窗前
一针一针地缝下去
永不复返

本能

别让我看到
外婆猛然离去的七月

她走出昏暗的厨房
她端来热气腾腾的猪骨汤
奶白的汤汁上，葱花闪亮

我忘不了外婆骨节肿大的手指

她打开锅盖
她说："喝吧"

多少年出于本能
我不愿倒掉手中的残汤剩羹

午夜的货车司机

他是一只寒蝉，听见天空
也听见树。蛛丝浮游
这条怪异的公路。当黑暗期待着

当月亮，被这黑暗扛向美洲
那是听觉的虚空
一颗头颅，插在车窗后

那是他心中的讥笑
小镇从两边涌来，生命的空谷
他慢慢爬过。眼前枝条寂静

他把重心移向左脚
他让车灯变暗。如果真是寒蝉
他甚至没有另一棵树

只有不同的枝条、不同的凄楚
被一个陌生的地名放大
被一次到达缩小

而他不动不止。任凭单调的笛音
向四方漫开
静默，钻心

像他的本性，被这双沾满油污的手
举在胸前。那是肉体的专注
和大地有着微妙的联系

那是隔绝
是惯性推动的长夜
是他命运的下坡，越来越陡

越来越接近地平线
越来越远离地平线
一根乌有的弦，一根解脱的弦

这辆货车，像午夜爬动的寒蝉
他是它心中的寒蝉。两只不同的寒蝉
都有着无法知晓的冬天

位置

十月，一从餐桌边站起
就感到茫然若失
已是秋天，每一扇窗户都阴下了脸

我经历过最初教育：咀嚼时
不发出噪音
那些有耐心的人会得到祝福
人长着圆圆的嘴
按捺不住要吃尽碗中的一切

我屈从于我的脚，我跪着的膝盖
我屈从于手上戴着的结婚金戒
我屈从于
我已吃掉的一切

我屈从于那只忙碌的老鼠
每天深夜，它在黑暗的厨房
向我传来生存严酷的回响

秋晨

早晨再一次来临，没有什么
被心头疯长的野草遮住
天空低垂，阴暗，无骨
石阶上响过送奶人的脚步

你看见瘸腿的椅背后，恍惚的世间
一颗心，早已进化成
尖叫的老鼠
再一次醒来，更感到人的卑微
蛀空的头颅仰放着，睁着眼
不愤怒，也不悲伤。早晨静悄悄的
像大地吐出的第一口唾沫

没有谁接受它的挑衅。秋天到了
百叶窗变得僵冷，易裂
虚无的小蚂蚁，也在这样的早晨
从血液中醒来，它们急急地爬动着
为了迎接这孤儿般自由
苍白的秋天

我懂得那刺骨的安静

或许，我也会这么平稳地迈出一步
陌生的一步：这是我问题的最后答案
这是命运，给鸟儿双翅，也赋予苍天的空寂

没有人低下不安的头。这双人类的脚
这双漫游归来的脚
它倾心它的胜利。暗淡的行星

又回到原来位置。这个夜晚，这片土地
那暗处裸现的不是根，甚至
不是一个人完整的形体

像胎儿喘息，这足音，使我
重新辨认自己的生命。无边的足音
隐藏了多少世纪，多少双惊恐的眼睛

今夜，我被隔世的明月映照
今夜，一位强制者走来。我的敬畏
为什么总是慢于他心中迷狂的闪电？

登月之后

只走了一步，月亮就昏暗了
有多少光明的幻想
我们说不出。只走了一步

你再也看不到我的惊喜
一个粗糙的生物，他的汗气
他的颤栗。冰凉的铁架上

我不能哀悼失去的激情
白雾慢慢升起，因为

另一个宇宙

我心中有另一个宇宙
未知的国土。我战栗着跳起
它的光辉中，我是一只迷途的动物

请这样帮助我！这发亮的血液
这尘埃。在夜晚
这双无法闭上的眼

我有另一个宇宙
它无名。它是一个幸存者

它懂得沉默

因此，我用沉默说起它
也用沉默报答它
我的身后，有整个世界

他们是否像我一样，也觉醒了
在另一个宇宙醒来。请生命向它致敬！
请一种命运向另一种命运致敬！

我真的没有错过它唯一的时刻？
虽然，虚无压倒过我。但这是生的庄严
在这庄严中，淡淡的人形冒出了热气……

活着

李明政

人生

还记得去年
母亲在世时
和她在一起的欢声笑语

她说
不要乱用钱

我都用去七十几了
你也用去五十几了

一辈子
就像一张100块的钱
一打散
就看不见了

墓志铭

既然父母
没有问过我
愿意在哪一天出世

我决定
我在哪一天死去
也不告诉任何人

白发

活着　活着
自己吓了自己
一大跳

那些从头皮
拼死冒出来的
白发
就像一堆蛆虫

我还没死呢
怎么就开始腐烂了呢

手机

昨晚和朋友聚会
我无意间说
想把手机换了
买个新的

不想　我的话
被手机听到了

今天早上
它无缘无故地坏了

我想了一下
事情的经过

认定这绝不是巧合
它是自我了断

麻辣鸡

我有个
想不通的事情

麻辣鸡
卤好以后

徒手　撕来吃
硬是要香一点

四季豆

在柳哥家吃饭
我问他85岁的老母亲

今年菜园里的
四季豆　为什么没结

她说
“它们忘了”

她的笑容
让我想起

那个惹人喜爱
98岁出诗集的
日本柴田丰奶奶

香烟

它就是铺设

我生命之轨的
枕木吗

一根一根
把日子连接起来

吞云吐雾的遐思
在上面驶过

轰隆隆的生活
在上面驶过

诗爱者

我永远不会
妄称自己是诗人

至于其他人
爱怎么称呼
与我无关

我热爱世间
所有美好的事物

包括温暖的比喻

伐薪

杨孜

扫墓人

青春敲门的指节
柔软而细腻
但并没敲开门
因为他那时正在懵懂
死亡敲门的节奏
急促而焦急
但命不在他手里
因为他的命正
遛着青春不撒手
许多年后他已经死透
别人的坟茔腐败错落
他的坟茔却清爽干净
因为每天夜里他自己扫墓
打扫自己
成就了他的信仰

歌手

她把音符从心里
散发出来
中途偶有停留
游山玩水
恋爱自由
经过若许年
走街串巷
终于附着到他的肉身上

他激灵之下除之不去
索性与音符同生共死
他们在所有的音阶筑巢为家
在所有的五线谱上结婚生子
当男孩和女孩们
布满所有的音域
尘世中的有钱人
呼他们为音乐人
他们以此为荣耀
因为她觉得
他们不只出售声音
他们还有能力
归拢走失于人类大脑中的
灵魂

走了

他把音乐掰开
没有发现音符
他把她掰开
也没有发现幸福
后来他掰开了更多的
存在
结果都让他失望
他成了亚细亚的唐璜
有一天
他在玉林吃小面
有一位老者说
吃面是一种感觉
不用把面条掰开
寻找信仰
他就地觉悟
给我发了一个微信：
“音乐是一种爱好
死亡才是唯一目标”
我赶到玉林时
他已经走了
是的人走了

许多年后我问才丹
什么叫走了
才丹说走了不是死亡
也不是没有死
我才知道是他的心
走了

仿佛

小的就是最大的
这是多美的诗句啊
仿佛从一粒沙子中看清了世界
我从你身上的一根汗毛
领略了世上最美的情爱

那天夜里
我看见那根汗毛的时候
它仿佛刚从水中捞出来

伐薪

你有万千选择
我却只有唯一
你疲惫之所
是我的拥有之席
我伐薪烧炭
为你添一朵浮云

你出走红尘
我痴迷了轮回

青城

我孤独了大城
又孤独了小庙
我孤独了兄弟
又孤独一个她
月光泼将下来
又孤独了月色
万籁俱寂之时
我把落寞还给了他

斑斓

有时候我会想你
就像月亮会想我
黑夜里月光照亮我的时候
我感受到的不是月色斑斓
而是你缱绻的温暖

我想隔空给你一个吻
你不会拒绝吧?

心神

他把他大部分收了回来
但还有一部分随她漂泊
随着在水中婉转的花瓣
随着被台风刮起的一片落叶
她的人走到哪里
他的心神就游到哪里
那橐橐橐的脚步声
仿佛随着他的心脏在跳跃
他醉入她的影子

他朋友拿着酒杯
饮了一口后问他
“嗨这就是爱情吗”
但他分明听不到
朋友对他的问话

一句诗

巫昂

离家出走的弟弟们

我有一个弟弟，你当然不能指望我的父母在1977年帮我生出一打弟弟来，我们是胎生的，不是卵生的。

一句诗

一句诗从不知道什么地方滑出来
我把它推了回去
黑暗笼罩了它
这句诗多耀眼、明亮
整个人世就等着它来照亮
这句诗多绵软、殷实
任何蛋都会在它里面被孵出
我们需要雄壮的动物
没有它，没有可能

事关闪光的新闻公报

我在闪光
我马上就要闪闪发光了仅限于今天
上午九点半
我亮起来了
通体透明
我咬着煮熟的玉米

灼灼其华
世界啊，请来我这里参观一下
无限期的徒刑
剿灭了一个人的热情
天气越冷，我越滚烫
我滚烫而耐蚀
世上的人啊，你们可以来取暖了
暖光灯，热水器，暖手宝
我们坐在河堤上
等一群可以生吃的鱼

尿泡与碎片

尿泡尿，泡
碎片，碎
第七次去输液室
坐满了女人的房间
红色的液体发酸
透明的液体像气泡酒
我和药物交换条件
给我命，十年，十年，十年
给你命，永远
我和药物荣辱与共
十年，十年，十年，逝去的那天
第七天，上帝加班
复制了一个我
说是，喜得贵子

植物是骗子

遇到一棵令人高兴的树
欣喜若狂的人挂在树上，疯疯癫癫的
坐在树下，伤心欲绝地离它十米之远
让人高兴的树气味没有那么好闻
叶片是卵形的
洗澡水一样的胶质
从树干上静静流下
你闻到那股酸酸的味道了吗？
你乐意在它下面躺下吗？
你张开自己的手、脚
它会给你分配同样重量的另外一个人
紧贴着你，让你高兴一会儿
然后挣扎着离开那人
甚至要奋力挣脱才行
让你高兴的那一会儿
天暗下来，附近的楼道发出细碎的声音
鞋子踩过，虫爬过
住在里边的所有居民
每一个都黯淡无光

巴托克先生

你向我走来，移动的霉味随之而来
四年没洗过的棉马甲
六年压在箱底的军绿夹克
你把我压在车厢内
说着如钢似铁的情话
我们看着同一个方向
确信风从某个角度吹来
街上店铺里的红糖发糕
刚出炉，就被哄抢一空

对方正在输入

等了许久，屏幕上
空空如也
他到底要跟我说什么？
有多少话要说？
等了一天一夜
屏幕上空空如也
等了两天两夜
才想起来那个时间机器
叫做扫描仪

44岁

上帝从我手中夺走了些什么
然后给了我诗
给了我源源不断的字符
把我从阴面翻到阳面
上帝命令我：
闭嘴，深思
上帝把一个少女埋进土里
再挖出来时
已中年，雪落在世上
有子宫的绵软
失去的硬

漂亮的男孩儿总是选择去死

安静的男孩儿坐在沙发上，诡异的，床边
吃饱了饭的男孩儿
抹抹嘴，然后跑出门去
离家出走的男孩儿
从来没有回来过

南京嗜血的黄昏

我想起了喝醉后
在浴缸里淹死的李立群
水和缓地灌入他的鼻腔、食道和气管
哦，我的朋友
你无知无觉地去往其他地方
我们还在尘世挣扎着
起床、下地、穿鞋
走到红绿灯跟前
看着雨落下，落在前面那个行人的后脖颈上
这还不足以说服我们
说服我们在塑胶的神面前匍匐
金子打的、铁面无私的李立群
你长着贾宝玉的睾丸
三心二意的情绪
我和周云蓬偶尔谈到你
他说：你应该去美国
躺在人行道上喝够你的酒
我说：你应该去美国
娶一个白人，生一些白人
在繁衍中，你消失了
父亲、祖父、外祖父同时下葬于
午夜两点

金子般的

多伤感啊，暮年的你
多伤感啊，正处于山顶的我
我快要下山去和你会合

那些爱是金子一般的
你给过我所有的好东西：
一只蓝色的切诺基双肩背包
一套云南带回的漆器杯
你看我的神情
像是要把生命交付给我
你也希望我把我的生命
交付给你那时
我们站在楼顶
一起看着两个生命胀成
巨大而又巨大的白色气球
缓缓飞升
多么伤感啊，地面上站着
一百万个猎人端着他们的气枪
你捧着我的脸说：
“我写的所有的东西，
都是带着对世间所有的爱意的。”
多么幸运啊
我怀揣着这么大的秘密
而不是气球入睡

有人容易迷醉于天蝎的心

去年初冬我问你
杭州的梅花开了吗
次年开春三月
你给我发了一张早樱的照片
我们一起做了一杯
友情与爱的鸡尾酒
不温不火的“螺丝起子”
喝酒时我遥祝你
在孤独中得到万千与无限
从来不说好听的话的你
只是塞给了我一只
新做出来的杯子
暗暗的青灰，看不见的迷雾
用它时总像是在亲吻你

红色的石榴不会死

青涩的，早早地砸在地面上
固执的石榴死也不肯裂开
玻璃心石榴，溪流一样流淌了一地
对不管是枝子上的
还是泥泞里的石榴的
疼爱、挽留、收拾
只是在增加它们的神经质
安静的石榴早早地买好了墓地
心情笃定的石榴安慰那些
惶惶不可终日的说：
“因我所遭遇的是出于你，
我就默然不语。”

不能写的部分

不能写的部分
始终拥簇着能写的部分
能写的部分也只有一小部分写出来了
利用地心引力自杀
还是飞离人世？
不能说的部分含在我的舌根子底下
不能找到的摩西在埃及的土路上行进
不能开玩笑的人
他严肃，严肃而且沉默不语
不能在临别时交给你的部分
舔舐着我的心肝脏

不能落下的日
和不能一饮而尽的烈酒
即便是写出来的部分
还有相当大的部分
读不出来

深喉

皮肤黝黑的女人擅长深喉
请给她你的所有
坐在身边的女人往往是豺狼虎豹
猴子还没学会，人已经成精
人和灵长类生物渐行渐远
深爱你的人喉咙里长满了刺
那是不应该去的荆棘地
疯狂的人所做的恶
永远不如
安安静静的人的一生

邮政所长福克纳

大中午，福克纳所长在喝酒
下午没到他就召集了另外三个人打牌
他用眼角余光看到送信的车
驶入后院，屁股没挪窝
个子不高的所长悔牌
把一手烂牌扔到对家脸上
骂骂咧咧
天还没黑
福克纳所长已经喝下了一整只威士忌
“从来就没有不好的威士忌，
只有一些威士忌更好。”
会宰牛吗？他
确定无疑会要流氓
夜来福克纳所长
从一大堆信件当中
抽出几封拆开读了两句
然后扔到炉子里
促使火焰烧得更高
那些被莫名失去的信件耽误的
情爱和归期
噢，要怪就怪邮政所所长福克纳

沉船往事

我的爱和怜悯像一只肉虫子
爬过你的脊背
少年，你的恐惧从何而来？
你难道不是深谙造物的由来了吗？
快告诉我黑色来自于金木水火土
快告诉我你将完全彻底地活下去
替我，替他们，替天行道
少年，请缝合那些碎皮子
缝成一双皮靴
少年，我们什么也不说的时候
最接近无限

227（海明威在战争中受伤227处）

年轻的海明威给家人画了一张伤势示意图
德国表现主义风格的木乃伊
哒-哒-哒-哒-哒-哒
他在马圈里躺了两个小时
军医把他腿上的毛刮干净

扎了一针吗啡，扎了一针防破伤风
1962年，这些旧伤带来的疼痛
让他最后把一杆猎枪的枪筒
伸到自己嘴里
今天，我的床上躺满了海明威
他们的身体
全都像战船模型一样结实

快递送来了你的尸体

你是一只鸡，黑山猪的一部分
你来自于屠宰场
或者生活

痛快及其他

柳沄

痛快

我从来都不是那块
从峰顶滚落的石头
我只是没有太好的办法
让自己喜欢做的事情
于中途
突然停下来

我只是像看待自己一样
去看待那块石头
时间久了，我干脆
把滚动时所发出的
巨大声响，视为痛快

只见它时而高高地弹起
时而笔直地下坠……
既然如此，那么
什么样的磕碰和摔打
才能让一个人的性格与命运
截然分开

这多么奇怪！在一个
十分平静的午后
竟然想到一块不能平静的石头
其荒唐程度，丝毫不亚于
将一行一行写诗
当作一口一口吐血

此刻，它顺着

因假设而陡峭的山坡
越滚越快，越滚越快
直到深深的谷底接纳了它
直到它与自己的经历
紧紧地搂抱成一团

在辽大球馆里听雨

打完球才知道
外面下雨了
雨使这个没有月光的夜晚
有了一点意思

我重新回到球馆里
并在一扇落地窗前坐下
听着窗外的雨，不断
敲打校园的声音

校园真安静
此刻，笼罩般的雨声有多么响
幽深的辽大校园
就有多么静

我换了一个姿势
以便更舒服地听下去
仿佛时间久了，没念过大学的我
就有可能成为校园的一部分

突然，雨急促起来
所发出的声音
于空荡荡的球馆里
哗哗地响个不停

活了这么久
我还是头一次知道
不把忽高忽低的雨声耐心听完
雨绝不会停下来

风景

进入秋天
流水疲惫而肤浅
它们在你的注视下缓缓移动
不再急于抵达
某个目的

流水流向哪里
只有流水知道
它们从开始的地方出发
经过你时
又重新开始

四周一片寂静
内部的繁忙难以被识破
你吃惊地瞧着
——流水把过于沉重的包裹
纷纷遗弃在又圆又大的卵石那儿

九月结束于十月的开始
在这样的季节里
生命像生命，命运像命运
假如它们都不再可靠，你就
靠在沉默的卵石上沉默片刻

当神的手，再一次
把浪花从水底翻到水面上来
那棵在风中奔走了很久的柳树
因瞧见了你

而突然停在那里

无题

比起早年的样子
挂钟它多出一副先知的面孔

再次看到它时，才知道
已被它看了很久

才知道世界已经很老了
山是残山，水也是剩水

如果我是一把镐头
其模样早已定型

伎俩

我感到形容它
比使用它还要费劲
还得拐弯抹角

我在想：比起
即将在下一刻
出现的电棍和手铐
什么样的伎俩
才不像蝎子的尾钩
和那对晃动的大螯

好像不这样比喻不行
好像再歹毒一点，再直接些
伎俩既可以是天使宽大的翅膀
也可以是上帝伸出来的手

所以上帝始终三缄其口
他从来都不说
“天堂是一个并不存在的地方”
否则，他会跟陨石一样
笔直地掉下来……

生气，生那些石头的气

喘着粗气的载重卡车
不知从哪儿拉过来
许多石头

深褐色的石头
有大的也有小的
但最小的和最大的
一样结实，一样坚硬

它们有着各自的棱角
却尸体那样，被
一块压着一块地摞在一起
附近，那片枕臂仰卧的草坪
显得为此挥汗如雨的工人们
格外忙碌

忙着用真实的石头
垒一座很不真实的假山
而且，他们越精心越仔细
假山就越不真实

我有些生气
生那些石头的气
我几次想冲它们喊

——不要以为看不见我
我就看不见你们

竣工的那天下午
天气却格外地好
好得阳光，在照着
远处那座最高的山峰的同时
也灿烂地照着
这堆垒起来的石头上

相遇

我早已
像熟悉自己那样
熟悉了你

有那么一段日子
我时常在下一场睡梦里
与你相遇

像一只鸟
遇见一粒安静的米
或一条正惊慌失措
扭动的虫子

偶尔也会像
一辆超速行驶的汽车
于亮着红灯的十字路口
与另一辆同样超速的汽车
不顾一切地
撞在一起

碧桃树

总觉得某些人
特别像某种树
我是说：当某些人
长时间凑在一起的时候
特别像某种长得不高长得不直
但长得树冠巨大的树

读到这里
你可能已经猜到
那树的学名叫碧桃
没错！在沈阳的许多地方
甚至公厕旁，你都会碰到这种
你并不想碰到的树

至今我也说不准
它们为何那么喜欢聚堆儿
在交头接耳的同时
树干与树干之间
始终小心翼翼地保持着
同僚般的距离

景致

雨停了。风还在吹
一些事物悄悄离开
另一些事物
继续摇晃

秋天的风
像秋天那样凉
太阳瞧着风中的花朵
花朵们瞧着

啪嗒啪嗒掉落的花瓣

天空因此更空
比起一条拉链
一座又长又窄的拱桥
雨后的彩虹，似乎
更适合用来裹脚

一位脚步细碎的老妪
恰好经过这里。她的脸
像旧时代的疤痕
那么深远

当她
被一道下坡路带走
夕阳在一辆漏油的公交车上
找到更多的轮子

月亮真安静

窗前的月亮真安静
我被它瞧得
有些不自在

我低下头，继续
一个字一个字地写着
这首与它有关的诗

写得好写得不好
它都是这个夜晚
没有声音的那一部分

问题

上帝
坐在壁炉前
睡着了

此刻
他又梦见我们
变成壁炉里的
火焰

为什么总是这样
为什么，我就迟迟不能
把形状各异的劈柴
视为上帝的
长骨、短骨和扁骨

这是一个问题?
这是一个问题!

上帝说
——小子，你想吧
想通了进天堂
想不通就下地狱

他们

天刚亮，他们
便三五成群地聚在这儿
拿着标明工种的牌子
和各种听使唤的工具

早晨的阳光很好，风很好
他们身上的灰尘也很好

在主顾到来之前，他们
随便站在或者蹲在
比电线宽出许多的马路沿儿上
如电线上的鸟儿，说笑个不停

跟他们讨价还价
是件很费劲的事情
有好几次，将他或她
从劳务市场上领走
跟撼一棵树相差无几

接下来的经过就简单多了
——在我家里，他们
拿掉一截漏水的水管
远比一位高明的外科医生
切除一段病变的肠子容易

这是一些，难以
被我完全相信的人
同时又是能够，把许多
被我弄坏的东西弄好的人

他们有足够的手艺
把时间拆成满地的零件
然后迅速地消失在
久久不肯消失的
铁锈的气味里

为你画座房子

先是一砖一瓦地画好
一座挺漂亮的房子
——如果你真的喜欢
就再在它的周围
仔细地画上一圈
粗糙的栅栏

栅栏里有一棵枣树
日复一日地陪伴，使它
活得比我更有耐心

此时已是深秋
那根刚刚打完枣子的竹竿
一下子变得又细又长
我以为，除了斜靠在山墙上
它搁在哪儿都不合适
都会让小小的院子
感到不舒服

当然，还有一些更重要的
我始终无法画出来
比如暴雨如注的夜晚
你倚靠在床头上，给
一个我不知道的人
打电话时的那种心情

雨一直在下

雨一直在下。我是说
从早间的天气预报开始
雨就淅淅沥沥地下在
百里之外，你
居住的那座城市里

用不着细想我也知道
亮晶晶的雨使众多的树叶
成为被反复梳理的羽毛
使那条总也奔腾不起来的河

多了一些河的样子

这当然是对的
其余的同样是对的
比如雨淋湿了那条河的同时
也淋湿了你的长发，并且
顺着发梢不断滴在我的心上

我有些恍惚
——要是河中的蝌蚪
于不紧不慢的雨声里长出四肢
我们曾经待在一起的那个夜晚
是否也像一条越来越短的尾巴

空地

除了死寂和死寂
那儿什么也没有
几簇不知何时冒出来的蒿草
使那儿更加死寂

忙乱的云朵忙乱地丢下
一块又一块蓝天。几年前
当载重卡车载走最后一车残砖碎瓦
那儿只剩下载不走的空

那儿是一大片动迁之后
闲置至今的空地
照在空地上的阳光
始终与空地是一个颜色

然而，在我看来
那片暴露的空地
与善于掩盖的苫布
也是一个颜色

比起准确
这种感觉更是真实的
却没有谁能像掀开苫布那样
去掀开它

傍晚

每天的这个时候
途经窗外的街道都会堵上一阵儿
拥堵使急于赶路的车辆
成为蠕动的甲虫

当天色再暗
灯火成片成片地亮起
我想到了星星
还有果实

但我心里清楚
对于那些归心似箭的人们
这样的比喻显然过于遥远
也显然过于甜蜜

我站在窗前
默默地看着这一切
而忘记了自己
也是这个傍晚的一部分

祭母四章

沈奇

清明

三月清明
杜鹃声里
春风只剩残忍

母亲已不在
人世的风景照样编排
满山的油菜花
开成一片黄金的海

长跪在墓地
不想站起
膝盖下的泥土
分明还有
母亲的呼吸

艾风拂拂
南山郁郁

这是男儿最后的成熟
失去母亲的照拂
此生再无退路

这是男儿最难接受的悲苦
没有生前的告别
只有死后的哭诉

三年哭长夜
生死此离别

早已不再做梦的老儿子
只想梦见
去世三年的老娘亲

盼梦里相逢　好问问
地下的黄土可已化冻
烧供的纸钱可已收到
去往天堂的路可还平顺
不行的话　我和弟妹
再多回来几次
再给您培些热土
再在春风里拥抱
你那颗放不下牵挂的心

再不行的话
您就在半路等等老儿子
过些年也别了这人世
陪您一路同行

三月清明
墓草葱茏
迎春花举着长明灯
——这大地永生的子民呵
只有它取得了轮回的许可
年年绿了又黄
黄了又绿
在时光的背后
涂抹孤寂的生意
填补岁月的裂隙

从此，老家
已不再是　闪耀着
温馨炉火的老屋
记忆的方位　总是
不由自主地转向
祖坟的山冈上——
母亲的墓地
白色的小蝴蝶
伴着纸钱的残灰
盘旋飞舞……

南山郁郁
艾风弗弗
菊的花圈里
母亲的仪容
铭心刻骨！

三月清明
杜鹃声里
春风只剩残忍

腊月

腊月是母亲的月份

一年等一回
等儿女们
像候鸟一样
匆匆归来
又匆匆离去

这时候的母亲
总是喜欢
在向阳的窗前
摊开儿孙们的照片
一张张看完
看出满脸的笑
和一些淡淡的伤感

最后的几年
腊月里的母亲
多了一份心思
总对邻居说
儿女们都怕冷
可别让她
在冬天死去

腊月是母亲的月份

一生好强的母亲
活到八十岁的腊月天
还要带着病
用最后的气力
备好年夜饭
在最后的等候中
撒手离去——
300CC的脑溢血
夺去你最后的团聚
死亡的侵入
改变了一家人
血液的温度

连死都要惦念儿女冷暖的
母亲呵——如今
我们都活着
就你一人走了
走在腊月的冷冬天
让过年的记忆
被严寒所吞没
从此没有暖意

腊月是母亲的月份
失去母亲的腊月呵
除夕的鞭炮拿到墓地放
守岁的苦茶就着思念喝
含悲饮祭酒
泪眼望清明！

五月

五月过端阳
一天一个好太阳

外婆说——
母亲出生的那个日子
天　蓝得像青花瓷盘

从小就记住了
过了端阳二十天
母亲的生日
一直在心里惦念

如今，吃一次好饭
想一回老娘
母亲啊，人世的好饮食
你再不能品尝

多想，求上天降恩
让母亲还一次魂
还您女儿身
还您菩萨心
还您青瓷盘的蓝天下
舞动青春的腰身

再做一回新娘
再嫁一回先生
再生一回我们兄妹
再做回我们的老娘亲
再为我们腌咸菜

再为我们织毛衣
再送我们出远门
再迎我们回故乡
再多活些日子呵
好让白发的老儿子
歇下心来陪您拉家常

五月过端阳
端阳是心伤
再好的大太阳
晒不暖心里的凉!

只能静静地
守着母亲的遗像
置一钵清水
燃一炷心香
再放上一部
妈生前爱看的书
陪着慢慢读……

恍惚间又看见
五月里的母亲
一丝不苟的白发
细碎花的夏衣
坐在向阳的窗前
看儿女们的信
翻子孙们的照片
桌上的一束栀子花
散发淡淡的香甜

刹那间的永恒
整个岁月：红尘的纷扰
突然变得那样可笑
唯有心中的宁静
如菊的清影　映照
记忆中的母亲
比真实的母亲更真实
也　更凝重!

五月过端阳
外婆说——
母亲出生的那个日子呵
天　蓝得像青花瓷盘

故土

落叶归根
现在根在何处?
没有母亲的照拂
哪里是故土?！

现在——
母亲和母亲的母亲在一起
一起安息

现在——
儿女和儿女的儿女在一起
一起焦虑

一夜冷去的
是残留的亲情
一步跨进的
是无边的薄暮

而时光不再流逝
它停在这里——
腊月二十九
母亲去世的日子
所有的未来停在这里
所有的过去停在这里

停在人生最后的驿站
停在最后的虚无
和苦难的底部……

融冰的过程
化雪为蝶的过程
无语的黄昏里
谁能帮助我们修正
生来的宿命？！

母亲往生
这世间
儿女只是借住

而所有的善
也到此结束
也结束了
所有的累和苦——
什么也没实现过
什么也没改变过
只知道，不久
我也会来这墓地安息
那时，母亲啊
儿子生前欠你的
再在另一个世界里
慢慢还您……

三年哭长夜
生死此别离

——残余的日子里
无论是哭还是笑
都是默默的

无母何恃
故土不复

唯杜鹃声里
划过艾草的风
向晚低述——

此岸没有归宿！

臭椿树下的女人

朱庆和

臭椿树下的女人

女人歇息在臭椿树下
篮子里是带给孩子们的惊喜
丈夫崭新的解放鞋
用油纸包着，放在最下面
赶集回家的人们走在路上
有钱的满载而归
没钱的也去图个热闹
他们一路说笑
谁也没注意到臭椿树下
坐着一个女人
树上的“花大姐”
“突”地跳到了她身上
快点捉住它
给最小的孩子回家当媳妇
地下的父母带给她的那块树荫
正慢慢地偏离
她短暂的
欢愉的脸庞
就好比劳累和苦痛
重新占领了她

新媳妇

娘家是打鱼的
而婆家只有那头黄牛最值钱
她没想到将来

要一口气生下四个女儿
老父亲会被洪水冲走
黄牛到集上换了钱
懒惰的丈夫瘦成鱼干样
最终去信了耶稣

在回乡的客车上

没想到，很多年以后
他们在回乡的客车上相见
他是一个远房的亲戚
年轻时差点成了亲
这些年同在一个小县城
竟没遇到过
好像各自去了很远的地方
他的妻子已去世多年
她也从不幸的婚姻解脱出来
现在都在外地
帮着子女带孩子
他到柳塘就下了车
没有互留电话
更别说死后再约了
她望着窗外，远处田野上
孤零零一棵树
上面的叶子已掉光
她还要到山上去，看看
父母的坟修得怎样了

喝农药的女人

此时正躺在灵床上
头冲着门口
一张蒙脸纸像是谁故意盖上去的
因事发突然，也没准备寿衣
还是生前的一身
惨白的两只大脚露在外面
据说和本家嫂子因为一句话
为了证明自己的清白
但这已经不重要了
丈夫哭得鼻涕几乎要挂到了地上
这个没用的男人
不知如何养活留下来的三个子女
哥姐两个在灵床旁埋着头小声啜泣
最小的孩子还不知道悲伤
一度冷清的家突然热闹起来
他甚至觉得还挺快活
围观的人们太多了
有同情也有哀叹
人声嘈杂，但都很兴奋
你恨不能坐起来对他们说
要不要我再死一遍
给你们看

白化病患者

患有白化病的女人
从僻静的小巷走出来
站在喧闹的街口
卖着当天的晚报

她瑟缩在小小的身体内
沉默不语
刚刚染黑的头发
像一片乌云挥之不去

她只是想多卖出一份报纸

只是想不要惊吓着买主
她的糟糕的脾气
却因此变得更坏

晚报上的新闻
还重重地压在她手上
她自身的消息
还隐匿在她微暗的体内

华灯已初上，她也许真的
不希望报纸那么早就卖完
这个轻声甫临的傍晚
等着她的出现

吉卜赛女人

一辆电动车，两个孩子
你带着她们满城跑
衣服、水和食物挂在车上
看你多像吉卜赛女人啊

谁想得到，你是
两个脑瘫孩子的母亲
她们是天生的舞蹈家
一刻也停不下来

你的手掌是温暖的帐篷
给她们按摩完
你还要绣十字绣，你让针线
更深地刺痛你的皮肤

总觉得时间不够，只好
把死后的都拿来用了

菩萨

村子后面重修了座庙，
我去那里拜了拜，
失明多日的母亲突然看见了。
没过几天，
却又添了新病，
早年的头痛症又犯了。
她说有无数只蚂蚁
在她后脑勺爬，疼痛难忍。
我不信佛，所以没去再拜菩萨。
我安慰母亲说，如果菩萨
让你在这两个病重选一个，
你选哪个？话一出口，
我就知道自己错了，我不该
以菩萨的名义，
给母亲出这道难题。
母亲沉默了半天，对我说：
“别担心，回去好好工作，
我就是死了，
也会保佑你跟孩子的。”

乘雪

去学校接女儿
我找到了一条捷径
沿着护城河边
几乎碰不到红灯
有一天傍晚
我们乘雪回家
路上我问她
在学校学了哪些东西
听不到她回答
雪越下越大

我带着她在雪上飞行
到家落下来
翅膀收拢
女儿睡着了
妻子拍了拍她身上
即将融化的雪
说有白酒
热腾腾的是火锅

忆及九年前暮春的一个傍晚

晚饭前，我来到了
公交站台
这是暮春的一个傍晚
煨好的排骨汤
在饭桌上
我要接你的妈妈回家
树上的嫩叶悄悄地问我
怎样做一个父亲
你准备好了吗
在昏黄的光线中
就看见你的妈妈——
我怀孕的妻子
我称她为骄傲的母鸡
下了车，微笑着向我走来
那笨拙的样子
真是美极了

寒露纪事

杨晓芸

种土豆

这片低缓的坡地
仿佛女人
优美的胯部

敲碎土上的薄冰
向下挖掘
小土洼均匀散布
如同大地扩张的毛孔

立春前后
农妇们将土豆切开
裹一层土灰，置入泥窝
之后浇水，施肥
掩土深埋

“必须深埋，它们才能生长。”
这生命的秘密
多像爱的秘密

秋至

屈指可数的日子
又翻过一页。
指针不惊不诧
心惊的是我
戏里替别人悲喜

不知立秋多时。

折身镜前，未来面容
轻扑一层冷艳的霜。
矛盾终不可解
仿佛反刍的上下齿。
我等待末日
黑暗倾覆所有的决绝。
年轻时，爱情曾这般降临。

写给小米

小米，你蜷缩在我膝上，哆嗦。
我爱你寒风中的哆嗦
像火苗颤抖。让我们相互拥着
一同抵制伤感，像在深夜坚持读完
一本伤感的书。

不谙世事的小米，在温暖的怀抱
摊开毛发和肚皮。
可是你冰凉的黑鼻头，整夜翕动着
没来由的警觉。

寒露纪事

赶早市的人提回拔了毛的公鸡
被掏空肺腑的公鸡
被倒挂
僵硬的脚爪一前一后
保持着奔跑的姿势

这是清晨，她埋头洗葱，
准备一个人的晚宴

寒风过境，田埂上
稚鸡围着草垛打转，悲鸣
稻草人抖动着，越来越像个稻草人

她越来越像个受伤的母亲
揉着干涩的眼窝，为自然的转换
唉声叹气

自然的安慰

出帐篷，向前直走十来米
可以避开酷热，进入正午的树林
进入美好的秩序。光影斑驳，由西向东
作缓慢的位移。白蝶是一枚
更美的光斑，翩翩，如游鸿。
它的美在于它的自由。
红蜻蜓无端起落，每一次
稳若飞机停靠停机坪——那种泰然
那种定力，我没有。
继续，将小世界看大，看穿
看蚂蚁翻越树皮蹙就的悬崖。我尾随它
从正面攀爬到背面。多么幸福的几分钟
它到达目的地，我亦忘记了我。忘记了
这使我消沉的，现世。

烟花

初春蓓蕾嘣地弹开。这之前
焰火沉凝在爆竹筒
两个人，投向对方的眼神何等沉静

此刻，窗外烟花倏然上升，旋转
灿烂绽放又转瞬即逝
就像这日子，前仆后继

这日子，这必然的
死灰的结局

但是，“亲爱的，”
且看空中幻灭的胜景
是情感，将这死灰
编排出生动的花絮

题天彭牡丹之玉楼子或月宫花

雨音即语音，珍珠宛转玉盘倾。
花瓣像带电的词屑，匐向蹙金的中心。

春意编排绿浪，拱出千堆雪。
而你是手捧残雪的冰雕匠人。

你又化身月光魔术师，激活花瓣里的磷。
之后是词之磷。蹙金绣线收紧

仿佛稳定不安稳的宇宙骨骼……
之后是黑屏。黑暗中
雪狮献祭，剖开玲珑心。

乙未大雪无雪恰逢生日有感

风撩拨镂空窗帘的光之银弦……比光更剔透的弹奏之手。如百年冰裂，神秘音符孕育神秘肉身。
雪花瀑布从头顶倾泻而下……爱的技艺
雕铸爱的记忆。长镜头拉伸陡峭连绵的长河。

镜子落地的碎响，水之碎片扬起，
汇入魔性的漩涡。总是这样，
涟漪奔涌的光再次洞穿
初生的轮回体……你抚摸双臂
镂空的鳞片；蛇游过乳尖的闪电
突袭的刺痛。冰裂的透明球体，
浮出云纹的祖母灰脉络。

这多像回到暗房，你指着人类学底片给我看
爱克斯光速写的，星体的骨骼。而我清晰记得
你双手晃动如拨弦，指端，月光粉甲的闪烁。

进化论

空中水母，水中水母。小宇宙
花苞炸裂。你迎来孕期和分裂症。
你若分裂中的耀眼瑕疵。

地球逆转地球仪。
长江叠印密西西比。战神玛尔斯
沉睡。火星遥远，夕阳冷若中国蓝。

“桑之落矣，其黄而陨。”
阿米巴人偶，硬撑自转，以为不朽。

你迎来孕期和分裂症。
你若分裂中的耀眼瑕疵一闪。

夜宴图

置于圆桌中央的鱼缸因透明而斑斓，
触手可及的水晶球，映射着周遭暧昧而非
爱的微光。鲜衣云纹抖动如云游弋。

几条鱼半壁山水中嬉戏，水泡推动水珠，彼此
接龙的圆润妙语。心如自转的地球仪，心中
海风呼啸，浣熊肆虐梅雨季。水泡因上升而

泯于无形，隐形秩序网一样涌现。锦鲤佳肴
失色于心中缤纷，宴者几人，言辞闪烁。
而最坚硬的泡沫膨胀，膨胀，碎于某一杯鸩酒。

黑白年代

起子

同学

高中同学群里
有一位男同学
最空闲
也最活跃
每天向群里转发
各种链接

上周和几个同学喝茶
他们说起我们的一位同学
得了脑癌
五年前开了刀

今天在同学群
最活跃的那位
说自已脑癌复发了
已经被判了死缓

我怎么从没想到
他们就是同一个人

有时候是一个字

打开电脑中的一张
我妈的照片
看了很久
越看越不像我妈

有时是在街上
看到一个背影像我妈
等她转过身来
又不是

高速公路上的一张扑克牌

在空中翻滚着
突然撞到了我的车窗上
黑桃皇后
贴着玻璃看了我一会儿
又飞走了

羽毛

阳光穿过竹叶
落在竹林中
斑斑驳驳
林中两位少年
哥哥在给弟弟
看
刚长出的几根阴毛
其中一位是我

身体好就行了

我打电话给我妈
问了四遍
“身体感觉怎么样？”
她才听清楚，说
“都好了，精神也好
明天可以出院了”
看来耳朵已经不属于
身体考虑的范围了
对此我也不在乎
只要身体好就行了

兽医

兽医有一张
长方形的脸
有时在猪圈
看到他
在给猪打针
有时在春节
亲戚家的酒桌上
看到他在喝酒
我生病害怕打针
就对父母说
不要去医院
让兽医给我打
最近一次见到他
是在今年春天
他那长方形的脸
变成了一块墓碑

拒绝

这样的情况
以前也有
最近多了点
他们喝到一半

或者是唱到一半
想起我
就给我打电话
让我马上过去
在以前
我会马上过去
因为他们
想起了我
现在我选择拒绝
因为到了一半
他们才想起我

少年如风

在我的文档里
有半首诗
一直没有完成
写的是我同事的儿子
在办公室里
一个人玩玩具
自己和自己说话
刚才我把它删了
同事的儿子
已经快小学毕业了

惊醒

我要把我们牵在一起的手
塞进我外套的口袋
这样才能不被对面走来的几个朋友
发现我们的秘密
但是我的口袋实在太小了
努力了好久
都没能把我们的手藏起来
我紧紧抓着她的手
从梦中惊醒
躺在酒店空荡荡的房间
手心里拽着一把汗
怎么也想不起刚才抓住的手
属于哪个女人

扫墓

我抱着一束白菊
如果那是其他花
我就是去约会

一个人不会记得三岁前的事

我爸在孵坊上班的时候
我只有三岁
上夜班他也带着我
让我睡在几百个
小鸡即将出壳的蛋中间
外面是寒夜
孵坊里暖气十足
我生命最初的记忆
是从睡梦中睁开眼
看到一只嫩黄色的喙
啄破蛋壳
探了出来

诗歌的问题

有一天半夜
一个男人
（一个诗歌爱好者）
给我老婆打电话
（他也有我的号码）
他要我老婆转告我
不要再写口语诗了
（原话是说
不要像伊沙那样写诗）
好多年了
我差不多都忘了这事
今晚是在想一些
诗歌的问题时
又一次想起
但我首先想到的
是人的问题
这家伙居然在半夜
给我老婆打电话

黑白年代

香港电视剧开始在大陆
热播时
我还在读小学
能看到电视的同学
第二天会在学校
热烈讨论剧情
有一次为了某个主角
身上衣服是红色还是绿色
争论了整整一天
那个年代大部分人能看的
只有黑白电视
班级唯一家里有彩电的同学
告诉大家
其实那只是一件黑衣
可其他同学
依然坚持自己的看法

球赛之前

潘洗尘在云南
我在浙江
我们在微信聊着天
同时等待凌晨的
一场球赛
刚做过身体复查
结果乐观的老潘
心情不错
他说先去散会儿步
几分钟后他发来两张
漆黑的照片
关了灯我才看清
那是云南的夜空
几朵白云
一颗星星

死海的石头

苏不归

死海的石头

死海来的石头
冷如冰
带着咸味

不断有水
从窟窿里渗出
在庭院的木桌上

死海的石头
站在自己的一摊水渍里
提醒我

它是活的

只有手机还在跳动

元旦清晨
睁开眼
便传来新闻
35人殒命于外滩
守望新年倒计时的人潮中

我震惊
连忙推醒身边人
告诉她这一噩耗
而令我真正悲伤的
是后面一则现场记录：

急诊大厅躺了一片人

有老有小
唯一相同之处是都没呼吸了
好多死者口袋里的手机还在震动
打开来全是亲友的
新年祝福信息

萨拉热窝玫瑰

萨拉热窝街面上
大大小小的坑
坑里都被灌满了红色油漆
凝固已久的油漆在地上
仍然呈泼溅状
如此景象
布满整条老街
驻足于此
仿佛听到一截截残肢
痛苦的回声
同行者告诉我
这些血色弹坑叫做
萨拉热窝玫瑰
在我蹲下来
凑近看的时候
发现不远处
一个小女孩
从一位妇女怀里跳出
把一朵红玫瑰
轻轻放在了
萨拉热窝玫瑰之上

接机时

接机牌上的人名
用英语书写
用汉语书写
用阿拉伯语书写
它们在国际航班到达处倚着栏杆
空出中间的过道
簇拥着相对成列
一些名字被笑容或拥抱带走
那些还没来得及被领走的名字
在彼此长久的伫望后
变得熟悉
有的甚至面朝同一方向
并排站到一起
攀谈了起来

庞贝歌声

一个黑人
站在圆形小剧场中央
用意大利古语
清唱
歌声环绕石阶
游客驻足聆听
有几人
闭上了眼睛

歌唱者的家人们
并排坐在石阶上
用摄像机
记录这一刻
歌声越来越悠扬
更多的人静静围拢

远处的维苏威火山
也成了沉默的听众

这一座
仅剩下骨骼的城市
内脏被熔岩吞噬
火海曾席卷至蓝色的海
歌声
绕着重新出土的遗迹
再次响起

歌唱者双手握于胸前
重复着高潮的段落
听众纷纷垂下头
或凝视天边
神情如同受洗

废墟不再有钟声、车马声
只有歌谣
不愿沉睡
它来自一名黑人游客
他获得了响彻剧场的掌声

举起右手

右手中指
被激光
剜去一块肉后
医生说
你要举起右手
高过心脏
走出急诊室
我便保持
印度举手巴巴的姿势
被穿上纱布的中指
向行人竖起
用左手来代替
右手的所有工作
写诗
吃面
买单
还有汉字中所有提手旁的字
都交给左手去办
我躺下时
右手也终于平放在榻
被纱布紧裹的右手中指
像个木乃伊
时而发出嘭嘭的心跳
令我不安

莱斯特广场

我在这里
烘焙出
卖相最好的
比利时格子饼
放到橱柜前
接着去邻近的赌场
兑了些零钱来
补给顾客
我在这里的夜晚
看见酒厅外
脱得只剩性感的
腿们
想起中午花几镑钱
买到口中的
土耳其烤肉
从这里过街

一间地下室
有几百年前的藏书
封面像枯叶
我翻到莎士比亚的诗句
耳边回响起老板的话
“前几天隔壁车库里的车
被放了炸弹……
你们把监护人的名字
写下来
要是你们死了……”
我翻了一页
想要一种被震慑的感觉
结果不出意外
是另一首诗

世纪风流

一个女人 穿着裙子
如果风往上吹
手不往下挡
那就难免下流
如果风往上吹
手使劲往下挡
那就难免尴尬和不入流
如果风往上吹
手不往下挡
又没有一个人在场
那就相当凉快
如果风往上吹
手使劲往下挡
同时又没有人在场
那就有装纯情之嫌
如果风往上吹
手往下挡一半
又正好有一个一流的二流子摄影师在场
那就难免一世纪的风流

弹坑的用途

我曾写过
萨拉热窝的弹坑——
“大大小小的坑
坑里都被灌满了红色油漆”

根据弹坑理论
我不太可能再次写到弹坑

可今天新闻传来——
叙利亚的儿童们
在弹坑里
游泳

电视里
几个黑不溜秋的孩子
争先跳入弹坑
小脑袋钻出来
一副乐不可支的样子

莱茵河谷

森林里
一把椅子
注视着我

不见工匠
不见工具

椅子连着树墩
从地里长了出来

山风开道
阳光从树冠层漏下
正好让一只麻雀

登了基

表情帝

向别人发出龇牙的表情时
实际上面无表情心不跳

发出害羞的表情时
实际上在窃喜

发出阴笑的表情时
实际上在憨笑

每天弹指一挥间
派发出去的无数个表情

他记得的表情极少
就像他发给别人的一样

没有一个表情符合事实
他频繁使用的表情也被别人对他频繁使用

此刻他面无表情右手点出抠鼻屎表情
左手举去一杯咖啡

方舟碎片

据说
方舟碎片
就藏在
埃奇米亚津大教堂
的附属博物馆中
我没有去寻找
而是站在
这座具有1700多年历史
世界最古老的
基督教主教堂前
我看见亚美尼亚
祖孙三代
男女共五人
谈笑着向我走来
貌似爷爷的白发长者
怀抱着幼儿
春风满面
没人能动摇
他们此刻的幸福
这就是我要寻找的
方舟碎片

蓝色的多瑙河

——赠起子

站在世界最高教堂之巅
内心无比满足
我无信仰
因此满足感并非源自教堂的神圣
它源于
我和我的家人一起
用768步攀上教堂顶端

（母亲走一步数一步）
此刻
教堂广场上的手风琴声
《蓝色的多瑙河》
竟格外清晰
传到耳边
当我沉浸在阳光与美景中时
第一次出国的母亲
望着前方蜿蜒的多瑙河
微笑着说出
令我尤为难忘的一句话
“多瑙河不是蓝色的。”

季马和我

季马帮助我
在医院
完成捐助后
便邀请我
到他家里去
路上
他对我说
“你是一个好人”
我答
“谢谢你
是因为有
更好的人
在后面帮助我”
在季马家
喝完酒
驾车到山顶
他又说
“兄弟
你是个好人
你这么做的原因是什么？”
“正因为我不够好
才这么做”
这次
我对着层叠的山峦答道

弥撒

圣歌合唱时
我听到悦耳
而响亮的歌声
来自第一排
轮椅上那个
半耷拉着脑袋的
小男孩
我轻声问
带我来参加弥撒的
信徒涂老师
“为什么只有
这男孩的面前
没有歌本？”
答曰
“他是天使”

大集体

摆丢

全国粮票

买瓶墨水
钱不够
我央求着明天补上
售货员不肯
就在我要离开时
边上一个大姐问我
弟，你买什么
还差多少
我说还差一毛钱
她递给我贰角
我接过钱
认出了她——
她常到学校晃悠
是学长口中的坏榜样
毕业后在社会上混
交了很多男朋友
人称全国粮票
我后来想还她钱
再没遇上
我上高中时
听说她去广东
听说她坐牢
直到前几年
在故乡县城的桥头
我遇见了一个
带着小孩的人
在与我擦肩而过的
几秒钟里

我断定是她
想追上去喊她
我的脚却没扯开
我该给那小孩
买根冰棍

杭州城站

一个中年男人
背靠着墙
一动不动地
坐在售票大厅角落里
像座雕塑
身前横着鼓鼓的
两袋行李
他表情扭曲
看上去很痛苦
一定是生活
馈赠了他什么
当他的目光
与我相遇
他低下了头
我也立即去赶车
我能感知
他的痛苦
十三年前的春天
我在这个位置
睡了一夜

报仇

与他唯一的交集
是当年的一天半夜
在工厂暗黑的厕所旁
他被我等围殴
我用手指粗的铜条
捅了他
十八年来
他可能不知道
捅他的是我
也没找过扛罪的同伴
前晚他带着一小男孩
闯入我梦中
我说：你可以捅我
但别去找我的同伴
和我的家人
他让小孩跪下
说：拜见干爹
以后干爹养你
说完他走了
留下小孩
醒来我自语
再多养一个孩子
难啊，你还是
捅我吧

吊向

地理先生把罗盘
放在一小袋米上
根据我岳父的生卒时辰
调整罗盘位置
定出井的朝向
前后插上六根木条
井的形状显现出来
打井人挖出一个

一米深两米长的穴
用紫粉在底上写三个字
富 贵 来
我站在井后
顺着地理先生的手指
远眺对面群山
手指对准的
是最高那一座山峰
太阳刚从那爬上来

墓碑

伯父墓碑上
堂弟名字旁边
刻有一个人的名字
几年前她留下女儿
弃堂弟而去
堂弟想从碑上抹去
曾用刀把字体
啄花了
像镌刻着
一滴滴石泪
石泪下面
隐约着三个字
吴飞燕

一件T恤衫

2000年途经柳州
买了一件阿迪达斯T恤衫
后来和我一起
在温州干活喝酒打架
2005年随我来到上海
不时露面瞎逛
更多时候待在衣柜里
去年老婆翻出来
未经我同意
放到电瓶车篮子里
当擦车布
前不久
亲戚把电瓶车拉到昆山
T恤也跟着过去
今晚亲戚开车回到老家
说电瓶车也拉回了
我问他擦车布还在吗
他说早就洗干净
自己穿了

获奖

这些年我拖家带口
没存款
租住27平方米
自己的公司
只在梦里成立过
但也不是一事无成
北京某品牌战略中心把我评为
“中国企业优秀创新人物”
这已是连续第二年
获此“殊荣”
只要交18000块钱
我获奖的消息
就将通过
××社 ××TV ××网 ××报
向全球发布
可是房东刚刚打来电话

月底再不交房租
全家滚蛋

生命树

邑沙没有坟
只有人
和树

孩子出生后
到山上认定或种下
一棵树
孩子们长大
转山
看到树
说：这棵是我
那棵是你

种稻子，扛枪唤狗打鸟
慢慢变老死去
砍倒树做棺材
装下身躯
葬于树桩旁
黄土平地不垒不立碑
再种一棵树

孩子们转山
看到长辈
说：这棵是爷爷
那棵是奶奶

足疗

她说：不要用手指按
从包里掏出一根鹅毛
让我给她挠脚底
还让我陪她聊天直到她睡着
有时她把脚缩回去
有时她发出笑声
有时像获得了高潮
我们聊《无极》
聊中国人口达到13亿
聊到刘德华
她睡着了
我像修止语禅般
挠
怕自己挠得打瞌睡
我干脆
在她脚底练正楷字
永，永，永
奠，奠，奠
临走，她说挠得舒服
给我五十块小费

人类的音乐

法国和克罗地亚
决赛前的现场
先播放澳大利亚摇滚乐队
AC/DC的*Thunderstruck*
来自世界各地的观众
在看台上跟随节奏
挥动手臂
当拉姆拿出金杯时

意大利电影《黄金三镖客》的配乐
L' Estasi Dell' oro
响彻全场
大洋洲、西欧洲的音乐
飘荡在东欧洲这块
曾被称作列宁体育场的上空

收货声

我们家常有物品
卖给收废旧的
可换点伙食费
但小区里不时飘荡的
一个收货声
是上海方言
我们听不懂
问本地人老吴
老吴说收两样东西
一样是：祭祀先人
烧锡箔的灰
老婆说：这个没有
另一样是：甲鱼壳
我说：这个……
也没有

敖登托雅的酒

敖登托雅

拥有一个爱人

拥有一个爱人
你该
跳上他的床

一两场情欲

需要一个虚拟的情人
把情话说的特别漂亮
最好来场风
刮来一两场情欲
身体和灵魂都需要爱抚

观看落日的人

远离黄昏
才能在心里观看落日

旷野 火种

你在每一个无法安眠的夜晚
都要用诗入酒
在惊恐中用催眠安抚自己
转眼间就能抵达冰原深处
抵达旷野尽头——它是风的来处
你在旷野中奔跑，漫步

体会独自一人的怅然
担心自己的手掌再也不能燃烧火焰
无法向纸张投去火种
你写过风，渴望抵达风的故乡
在那里观看上千上万种风的形状
继而希望从中得到神启
如今在醉酒疯言中的抵达
带着某种深刻又广博的含义
它又有些模糊不清
让你觉察什么，又无法抓住实相
你在这个世界上心愿很少
无非是，
活得像个人
并且
每天都能触摸到风
风会把你死寂的心火点燃
并让你的手掌有光
火种　火种
此刻是你心里唯一的渴望
在旷野里，在风之故乡
有人怅然若失
四处寻找那看不见的
风

敖登托雅的酒

只能在此地喝酒
除了它，哪里的酒都不对
都是错误，都是浪费，都是不痛快
只有在呼伦贝尔：
鄂温克旗，海拉尔，新巴尔虎左旗，满洲里，
阿里河，莫力达瓦
才能喝到宿命
喝到痛彻心扉的爱情
喝到游牧人的怅然
我醉了一整个冬天
它真让我舒服

不败的旷野

二十一世纪的草原，稀稀落落
游牧人忘记故乡
只记得抬头观月的场景
故乡早已消失
如同干涸的河水
岸边只剩下绑在树上的被风吹旧的蓝色哈达
稀稀落落的游牧人
只有一株干草
握在手上
他们终于明白
世界上并不存在
永恒、不败的旷野

北境之地

每年，我都会在冬季前往北境之地
一年是这里，一年是那里
披着大雪的整个北方
我在那里遇到过很多人
听过很多故事
很多悲伤和欢乐的事
很多怅然所失的事
很多无可奈何的事
他们都在冬季里变成和寒风一样
坚硬又充满质感的冰柱

只对温柔倾听他们的人融化

可曾记得你是谁

你无法描述伟大，也无法叙述渺小
你在人间又痛苦又喜悦
你在这里，又在那里
你是此，也是彼
你是你爱过的每一个男人
你也是他们伤害的每一个女人
你是他们不曾说出的道歉
也是胸口每一处愤恨
你是土地，也是海洋
你是阴沉天气下快速掠过沙漠的雨水
也是阴沟里找寻食物的老鼠
你是哭泣，也是欢愉
你是千刀万剐的刽子手
也是沾满鲜血的无言流泪的绞刑架
你是喉咙处不能说出的苦难
也是做爱时放声大叫的淫荡
你是沉默纯洁无瑕的地母
也是放浪形骸无所畏惧的妓女
你是绿度母、苦行僧和花和尚
也是政治客、茶花女和吟游诗人
你是黑暗，也是光明
是丑陋，也是美好
你卑微，同时又骄傲
你踩着苦难，同时将它们丢弃
你握着圣经，同时质疑神的存在
你在梦里杀人
又在现实里捐款
你在恒星里凝视灵魂
又在草原上将它撕碎
你是这里又是那里
你是真实又是虚无
你对生活惶恐不安
又对梦境敬而远之
你的一半是生，一半是死
你的勇气用来赴死，痛苦用来苟活
你是精神疾病，又是治愈的药
你是浓烈的酒精，也是刺人的刀
你是三月刮的春风
也是二月冰冷的大雪
你的灵魂一半用来宿醉
一半用来不安

良夜颂

李皓

良夜颂

你拥向我的时候
夜凉多么柔滑
凌乱的夏天说去就去了
该来的，说来就来了

这个比你身着的绸缎
还要柔软的良夜
秋风比酒更加让人沉醉
你比秋风来得及时

或者说恰到好处
那预设的一面方寸大乱
沉静的中年水波不兴
复活了的心，词不达意

攫住这薄如蝉翼的钟情
在死灰里觅一星半点火苗
燃烧，毁灭。狠狠地
把自己，再次弄伤

说辞：七夕抑或乞巧

那么多不相信爱情的人
又意淫了一次爱情
好在，一年
就这么一次

牛郎已是一个猥琐的角色
心灵手巧的织女，根本
不是我的女儿
传说里的天仙更像某只喜鹊
一次次折翅于门户之见

对于身在异国他乡
对鲜花和烛光晚餐情有独钟
的女儿来说，女红
显然更像一门外语

眼看着贤妻良母们越来越老
我不知道该向谁乞求
那银针一样尖锐的银河
怎样讨巧，才能
穿过一颗针眼般空荡的心

在德令哈怀念海子

海子，我已经许多年
不读你的诗歌了
想起你的时候
我就握住一滴雨
一滴充满悲悯敬畏的雨
足以让十万个海子
在德令哈，复活

海子，更多的日子
我只迷恋你的姐姐
她格桑花一样的面容
在德令哈一闪而过
草原无边无沿，羊群白云朵朵
没有谁，能像你一样
始终深陷风口浪尖

海子，我到哪一节车厢
能找到一株亚洲铜
一样颜色的麦子
抑或青稞
一九八八年的夏天草草收场
一个稻草人让那一年的诗歌
有了好收成，有了胜利

海子，这些年诗人们
都把德令哈当作了精神的原乡
他们从四面八方赶来
像闻到了什么味道
牦牛在戈壁滩走来走去
全然不顾及这些
堂吉诃德一样的石头

海子，我可以想象
在德令哈的夜晚
每一个胆敢走上街头的人
都是你的兄弟，你的姐妹
他们与我们貌合神离
他们说，这里
只有风车，没有人类

在绥棱写到雨

绥棱的雨一直在下
绥棱的雨，一直
没有把我淋湿

与一群诗人捉迷藏的雨
一定是好客的雨

它揣摩透了诗人的好奇心
如果旅途上没有点插曲
离开后未免会搜肠刮肚

平原上的云变着花样
落在大兴村的朝鲜族民居前
它就是一朵朵妖冶的虞美人
落在半截河看不见的流水里
它就是四平山遗落的白马石

但它一直没有落在诗人的头上
诗人们下车的时候
它就在远处死死地盯着我们
诗人们上车的时候
它就一遍遍敲着厚厚的玻璃车窗

绥棱的雨，一直
尾随着我们
却从不打搅我们
它让我想起生命里
那些不善言辞的挚友

在2016年绥棱的夏天里
从未有一滴雨砸中我的脑袋
我的心，却已茫茫潮湿

在深山老林里走

几个拿腔作调的诗人
在这里说到氧，说到负离子
最好小声一些
因为我们是少数分子

一身休闲打扮的人
在美人松跟前免谈挺拔
自命不凡又邋邋遢遢的诗人
在白桦面前别说自己多么纯粹

四平山里颠簸的道路
显然对一辆中巴车是拒绝的
那些绿色的时间被一次次撕开
四合的暮色为我们打着圆场

一块石头和一个狐仙洞
都是圣物，都曾经为一场神圣的事业
推波助澜过。而今天那些手无寸铁的人
不是诗人，就是游人

在林业局展览馆，当我们
看到入库的刀枪，南山上的马
我一下子意识到，所谓和平
就是可以放心地在深山老林里走

芒种日陪父母登泰山

父亲说
过了芒种，不可强种
麦芒亮出了剑胆
让举头三尺的玉皇顶不走偏锋

雾气蒙蒙的中天门
像一截模糊的中年拾级而上
走在前面的二老
一次次压住我的头顶

看不见的担子
在那个挑山工的肩上忽隐忽现
而我的渺小

则隐匿在人堆里，众山中

齐鲁到底能有多青？
那青梅煮过的酒
散发着未了的丁香
养育之恩远比岱宗更加浩荡

我只要握住父亲母亲的手
就轻而易举地靠上了泰山
我弯一弯腰
他们的脚步就变得无限轻盈

带着野菜去看母亲

说到反哺，我的唾液里
带着毒。我含泪的目光在春天

焦渴的田野里一遍遍逡巡，看见
山林间母乳一样绿色的百草

婆婆丁，刺嫩芽，刺五加
凡此种种，入药，祛火，生津

我的父亲母亲，房有三间
地无一垄，搞不清粮食的来龙

和去脉。我带上一筐野菜
去看母亲，母亲早已将锅里的

清水煮沸，等着野菜下锅
朴素的食材，余成味甘性平的草药

吃不了的，浸在一盆凉水里
不温不火的母爱从此百毒不侵

提前想象一下旅顺的樱花

当花们渐次盛放，我用哪一笔
能准确描摹久违的你
一脸倦容，一脸
不可复制的美

每一朵樱花都是唯一的
龙王塘的，二〇三的，横山寺的
谁也无法代替谁，谁也无法
用一朵花埋葬另一朵花

而我更愿意，把一朵樱花
的开放，视为一次笑容
对于眼泪的替代，对于
一段往事的不置可否

告诉我，樱花的哪一瓣
更能形容你的背影
这些被春风压弯了的时间
有一种稍纵即逝的惊艳

太匆匆，你这花中的王
在一曲梵音里隐身，抽刀
在山寺的佛光里，回到
花朵的禅意，流水的素心

这是怎样一种怡人的隐秘
彰显在世俗的花间，你有你的
炼金术，我有一滴雨
挂在一株意念的樱花树上

遮羞布

杨清茨

遮羞布

两栋楼之间
横着一条小街
一个朝东
一个朝西
冷漠对峙十余载，咫尺便能感受对方的呼吸
如同分家不均负气的妯娌
却在夜色里，不约而同点亮灯
闭上遮羞布
今夜，阿娘扯下布帷的窗口
遮羞布已破
明晃晃，玻璃如镜，人影重重叠叠
我穿着长袖的睡衣裤，
却有着赤裸的拘谨与羞涩
对视中，遮羞布的黑洞里，有伸长了脖子的望远镜
窥视一个良人黑夜中的不安
无处可逃

囚徒

比如
海阔凭鱼跃
天高任鸟飞
在文字进化的旅途中
让人相信了半辈子
白云苍狗

青竹般若
是让心灵如何得到禁锢，完美认证的鸡汤
比如
这个星斗缀满青色天际的四点半
我在临窗看见呵欠连天却不得不拽紧绳索遛
  狗的人
顶着暗色行走按捺不住看手机撞到路边电线
  杆的人……
其实，我们
是天地间最大的囚徒

何苦

如果，世上所有的轻贱
可以转化成
世上所有的同情
如果
你万般祈求的爱
是如何的不肯
亲爱的
你又何苦将夏日一棵莲的婷婷
嫁接于秋日水做的霜花
古今皆流水
你看那十五的桂花树上
满满地挂着吴刚的心思

晨曦迎来婴啼

桑眉

他们不曾经历暮年

——这共同的残破的人间，为何独留我纪念！寄辛酉等

好似一棵树没能抵达冬天
没能在炉火与白雪的悖论中
喁喁春风
并将系于枝条的多余的红灯笼取下来

那么遗恨
他们有的在盛大的秋天随果实坠落
有的趁着骄阳燃尽最后的精血
有的迫不及待扑向冰封的河床

他们也曾饮酒消闲、熬药熏骨……
咯出血，吐出霾，吞下拮据……
最终将精神流放星空
肉身交付尘埃

我想代替他们抵达暮年
用钟表古老又坚贞的心将轮回追赶
我想代替他们经历暮年
用苍苔新鲜又遗世的爱将这共同的残破的人间走完

可以枯萎了

——致我46岁生辰

整整四十六年
已经有过四十六个夏天的炽烈
四十六个秋天的忧伤
哪怕一朵玫瑰
也不能在春天一直开放

可以枯萎了
镜子会埋葬你
赠你气海，与雪山
教你用裹满粉尘的指尖
点亮蜡烛和炉灶

命运给予的鞭痕已遍生苔花
滚雷与闪电终将把爱情遣送至地平线
风流云散
他从那里消逝
你从那里回来

是时候了
无名树褪去残红亮出果实
滚滚白昼沉入暗河献出星辉
你在冬日的黄昏余韵下死去
晨曦迎来婴啼……

去“探亭”饮乌有茶

空气的良好指数
刚好够酝酿意境
苔藓欣荣
悄悄玩攀爬嬉戏
蚂蚁传递露珠和碎木屑

你带我们去看石经寺的罗汉松和银杏
罗汉松一株垂垂老朽
一株青翠如少年
银杏树在雷雨中参透永夜
放出胸中乌云
凭空生新叶结白果

在石阶上坐下来
颔首
侧身露出发髻的
是我
你立在石阶下
时间又静又慢……

我们去“探亭”饮乌有茶
将石榴和葵花籽分给对方
牛肉干舍给瘦猫
一只松鼠经过密林
留下蓬松适度的甜
和秩序
（草木的香甜是否与人类一样？
人类的戒律比草木森然！）

河水亘古，迎送鹭鸟……

——与邻水文友茶叙

我们是怎样到达“tea”吧的
谁也顾不及细想
多年后我们的足迹变成溪流
漫向邻州广场
成为汹涌潮汐的低声部

一张圆桌足够团结个人主义

我喜欢咖啡，也喜欢棉花糖
我爱上俗世中的我，也爱上乌有国的我们
突然停电或能加倍增添光明
(突然停电或因我们盗走了火种)
白炽灯下把捉的白羽毛
在黑瞳孔起舞

我们是步行回家的
斑马线上第一次挥手
民生巷口第二次揖别
拐弯前频频转身送出手臂或飞吻的
是贯穿彼此过去与未来的人
河水亘古，迎送鹭鸟顺流而来，顺流而去
……

“夜雨从不预告行程”
它适时降临
为热腾腾的欢晤覆盖薄绸
替今晚存续余韵……
祝:甜梦！(亲爱的)
大海的瓶盖已拧开——

快要发疯的女人

不是电影。
这人生，有时现实得
让人吐口水

她俗不可耐
在两块五一斤的土豆与四块一斤的豇豆之间
做思想斗争
比起圆滚滚的土豆，她更喜欢豇豆的修长与
　青翠
每天早晨都被闹钟吵醒
或者被一支枪逼着下床
洗脸，刷牙，用谭木匠的梳子梳疯长的刘海
它们试图给世界蒙上面纱
被她一次一次含恨剪除

含恨的理由不止于此
多数时候她不流露
驯鹿一样温顺
可背地里，背对着大世界或观众
她冲某个患病的男人大喊大叫，
扔菜刀。披头散发
像头母狮。

愿你一生都丰收
——友人L生日前夕，有祝

清晨存在于鸟雀舌尖
它们简洁鲜脆的四二拍切分音符
往复出没，也像长了小足
一只在小区花园！一只在马路电缆线？
更多啼鸣无章可循
供作和声

飞机按时出港，排演交响曲
汽车驶经贝森路口，踢踏窨井盖
西村居民打开火柴匣之前
我比春天更热爱遐想
我祈祷——

愿三月每天都晴好
（或吝啬些，只厚待农历二月二十二日）
窗台明净
新生的雀鸟都为你歌唱

而我要向它们借一借翅膀
把1969年的种子送达2019年的粮仓
愿你一生多丰收
少奔忙

多好呀！我们

天空是一张刚洗过的手帕
方形的淡蓝色纯棉手帕
云朵尚未升起
雾气氤氲
像未成形的爱
像梦中来不及确认的眼神

你好呀！清晨
风铃在枝上晃颤
鸟雀才刚离开
一只，或两只……
我有时将干渴的嘴唇贴紧玻璃
仿佛等待已久
仿佛亲吻一块命运的坚冰

你好呀！先生
当你传来音讯
我就是那个被箭头和准星连成一线的草靶
或者是那闻声而动的箭头本身
等待或飞翔
都是为了劈面相撞
陨石。极光

或许一生只有一次
你在我中孕育
我在你中诞生
火焰从冰雪的胸膛涌现

咖啡的苦从一个舌尖传递到另一个舌尖
变成甜

多好呀！我们
我们共同创造遐想时刻
我们去太古里漫游遇见自己
沾水修书写下隐喻
河流在亘古的河床流淌
从清晨到清晨

看你嘛

秋天连绵起伏的草坡
现在我不喜欢了
不喜欢一个人在坡上坐着
佯观天象，直到月亮转身
映照愁容

在春夜，我早早睡下
像刚出栏的小猪不害怕
不做梦，半夜醒来不叹息
喝点槽子里冰凉的水
倒头又睡

我睡着的时候
月光会把唇边的细茸毛揉更细
把眉眼理匀没有波纹
把睫毛上的蓝水晶呵得更蓝更透明
像你见到过的薄薄的蓝雪

——反正你喜欢或不喜欢的
她都会抢先下手摸一摸
看你吃不吃醋

看你还抄着手
看你嘛

如何访问一朵桃花

桃花很多
效仿星辰
忽而闪烁在映月湖
忽而悬浮于清泉山山坡

珍爱一朵桃花的角度很多
杨然和杜氏兄弟沿溪行
晓芸、龙炳、胡马、应鹏奔入桃林晃荡
仿佛桃林是一座春风盖起的房子

我与新泉老师、吕历、国平访善安寺不得
回到朱家大院
他们坐在大门外摆龙门阵
我站在院墙下拆除桃树上的红灯笼
它们春色比桃花还浓

解放一朵桃花并不容易
她没有裹过小脚（可以撕破裹脚布）
没有留过晚清辫子（可以剪掉“尾巴”）
她的不足在于她有一个惹是生非的名字
而且她实在太热烈了
不顾忌春天的雷声响雨点密

一朵桃花就是一朵火苗
用尽全身血液来燃烧
一朵桃花温养整个春天的梦
我们去访问她
应该骑一匹蜗牛

春日尾声，或夏日序曲

白沫江畔榆钱温柔垂首
“一线天”客栈金弹子挂果，或碧绿或褐黄
桂树沉静，蓄积香气……
昨天。昨天的昨天。平落都在下雨
女儿们不爱与我多讲话
（因不擅女红的母亲打翻了针线盒？）
同游便是节日

——愈来愈摸不到那条线索了
（也看不清镀银针孔如何欢欣汹涌）
与女儿的，与你的（或他的）——
犹记得：曾同撑一把伞，唱歌，醉饮，漫游……
曾手握手，“琥珀在我左腕适宜地亮起来”……

雨丝断断续续
连接新桥与旧桥，连接上游与下游
夜晚我独自去江边放河灯
捧着莲座，像一根棉芯穿过风雨交织的
细缝。小心翼翼到达桥滩（那里白昼游客荡漾）

放河灯的人也断断续续。
看江面和江面上的河灯看得久了
河水就溢出黑暗边界
旋涡剪灭烛火，也似我们相爱相杀
黎明未至，梦中人却已掬起灰烬……

翌日，晨起戏水的人（或环卫工）将打捞莲瓣
它们并未去往预设的地方
“昨日种种，譬如昨日死”
不日，雨丝将牵引湿漉漉的人进入初夏
如若恍惚不妨学北方少年采摘槐花

给咖啡加盐

许燕影

给咖啡加盐

为一粒火种
你用绿茶白茶博弈了一个夏
秋风吹来大片草籽
你突然百无聊赖

你说你开始爱上旧事物
木桌、银壶、老书信
颓于时光
你喜欢在一杯咖啡里打盹

呼啦啦雪压枝梢
你说确有一场遇见
但总有花果儿来不及忧伤

那么，给咖啡加点盐吧

仿佛伤口仿佛疼痛
飞鸟掠过，星星开始燎原

太阳河

势必汹涌
终要汇入浩淼的南海
岂能辜负太阳赋予的使命

而迷恋水域
并非第一次飞蛾扑火

爱上你的坏脾气
一如爱上了灰飞烟灭

也爱你沉静时的波光粼粼
那时，两岸水草丰美
我们止于白鹭上青天的仰望

你终被定义为母亲河
多想俯身再掬一捧清泉
日显的沙却隔开了我们的距离

而今，你有你辽阔的流域
我有我止于水的心

浪

执一时情
迸裂的水花转瞬即逝
为一场悲壮的殉情仪式
一次又一次碎身礁石
那时，正青春
执迷于涅槃重生的壮烈

而今，水湄行走
仍爱昼夜不息的喧哗
以为顺应了潮汐的节奏
就可以承受所有不预期的倾覆
永世还在，但每一次凝眉
海面就泛起星光点点

因风而起，有过片刻昏眩
潮起时我退却了
再不能承受水花湮灭的悲情
心归于尘，是的——
“我爱，但我不能”

伤逝

不过是一场未预期的风暴
不过是潘多拉失手掀翻了盒子
空气中有什么在僵持

仿佛措手不及的一次杯盏碰撞
仿佛瞬间溅出的破碎之美
流星雨消逝得太快

来不及双手合十
虚拟星辰陨落的轨迹
梨花雨后桃红交替着悲欣

迷迭香肆无忌惮
蛰伏的咒语没有逃出最后的禁锢

爱上玉兰

触碰了玉佩之冷，匿于尘
凝脂般纯白趋于暗淡
疏落中秋风刺痛了眼
是的，我见证过凋零
香消玉殒，流水的薄凉
不以风的风向定夺

安于冬，你仍是四月的精灵
泅渡中等待轮回
一次又一次沉落中重生
这是剧痛着的二月，辽远悲伤

激醒的枝桠空洞中举向空

但春意迟迟
你总是先于绿叶占据枝头
回眸间凝成琥珀，这纯白
一夜银光覆盖了明月
突兀、耀眼，我急促的脚步就此停滞

风继续吹，远方的远方
河流、旷野持续惯有的抒情
就是今夜，我开始爱上玉兰
爱上了泗渡的往返轮回

菩提

为转世献祭，匍匐囚禁
剖出内心荒芜，贴近大地
不存在的花朵，虚无张狂
或许，一世宿命轮回
只为一场修行中的觐见

我也转山转水
左手写下流年，右手写下沉沙
内心纠结于乡情和故土
也曾含泪细数雾岚、河流、历经的草木
但命运之轮一路推转，向南再向南
沧海桑田，难道也为千年一梦

冷月恒常，疏影璎珞叮当
梵音悠空中猝然相遇
凤凰依约涅槃，谁还执念
这红尘浮华，娑罗回香中粲然

要怎样的禅定？才能端坐莲台
一场修行的觐见，一世宿命轮回
或许吧，或许千年一梦只为心中菩提

逞诗

于艾君

变换

我每变换一种站姿　景移物换复杂度就加深一次
玻璃大厦阴影中卖地图的大娘比我更胸怀祖国
我急于找到另一个出口　从地心窜出的火车
满载清洁能源并敢自曝于上流社会半睁的眼皮之下
我看到一个以我命名的站台　我不在车上
我鞭骑着快马追来　而迅疾启动的车体如刹那光柱

我揣摩浅和泼皮的学问　我不喜欢黑框眼镜教授
图书馆台阶上讨论时局的学生比我更懂得生活
我等待下一个春天　等待铁树遍开仁慈之花
它们自由竞相　攀枝却不折损社会大家庭的融洽园景
等待某朵花授粉结实　哪怕由孙悟空所变
我怀揣厚黑秘籍赶来　却惊觉自己才是学坏的猴精

逞诗

少年时，父亲反对我写诗
写那破玩意儿有个鸟用，他希望
我只需把书温习好，然后把画画好
以后做个手艺人以便养家糊口
而我不屑，暗自较劲，“等着吧总有一天……”
锄地时故意把苗锄掉
拉犁，也只是装模作样
母亲叹息，看着我一言不发，
放学后我坐在地头
盯着长长的田垄发呆
觉得世上没人能理解我
微风中玉米苗好似课间操的队列
也许——它们，就是诗？
我想起多年以后读到的克利斯朵夫
少年约翰被舅舅引领至户外：孩子，你听
田野里虫鸣起伏，风在枝隙吹奏，
啄木鸟敲打某处的树干，这些
难道不也是音乐么

后来，父亲老了，我还是做了诗人
昨夜读手机上的新闻
八百多恐怖分子血洗警察局
连灰尘都停止浮动
愤怒，冷汗，好像暴徒也将我劫持
挣扎中有人朝我扣动扳机
就在子弹进入头颅前的万分之一刹那
我高呼，禾苗万岁！诗歌万岁！
子弹被吸了回去，歹徒忍不住狂笑起来
而另一个持枪的蒙面大汉来到近前
突然扯下面罩，张开炮筒般的大嘴，高叫道
你看我满口蛀牙，被脓血包裹着的黑牙
难道他妈的不也是诗吗？！

选梦

梦见油炸坦克反复碾压海苔
辣汁菜蔬距离刀尖尚有一微米远
亲爱的，请先把你正在罩染的山丘
移开吧，饺子锅里沧浪沸腾
爽刀、虐爱和柔情的温度
我是不是只能选一个

上邪！外滩之外，内江之内
嗜血锐器托身保鲜膜并决意从善
亲爱的，请别把我卷进包饭吧
节日里满是潜伏的嗜血之口
被你切削、揉碎和被异族饕餮
我是不是只能选一个

有必要吗?

酒池肉林，过了三百米怪坡人就正常了
酒酣耳热，过了三十里铺就把外套脱下
就把酒池饮了，去了，对影，付与江河
就把酒酣醒了，黄昏，鸦鸟与落霞大战，
再把浪得的虚名睡掉，一遍遍地，一万年倏忽过去，
徒留下肉林，
耳热
速朽的玲珑塔堆身于纯清真筋骨
带着任务，把午夜广告牌中的鸟（人）一一击碎，让它们
上下翻飞，飞向迷谜眯蜜密靡弥觅呀
看它们绕着肉林迂回飞旋，
看金属搅拌，看铿锵玫瑰血肉模糊
再呼来苍蝇、孑孓、蜥蜴、屎壳郎、五耳兔、塞满过期香肠的蛆虫，
复活的
嗜血蝙蝠，看它抖展巨翅，再制造一个
黑黑黑黑黑黑黑夜。看它收拢，系扣，抛举空间，

尺寸可变，残章废墨，就这样
大笔一挥即告完成
——有生以来从未感觉这么好
再赠你一个逻辑牌偏头痛表现主义镐头
砸砸砸砸砸砸砸碎旧旧旧旧世界
但，要留下它的蛋

每一天都在丢失我的路上

田凌云

仿佛没有人不是完整的

和爱打官司，输得一塌糊涂
在忍野八村，把自己藏于一块易碎的豆腐
也最终被人类搅得不堪

我想走到云上去，像我亲眼看到一个我从云
上
走下来

万物祥和，仿佛没有人不是完整的

父亲

父亲是灯，在我的黑夜中用巴掌
照亮我
父亲是移动的钢铁，为了避免我胡闹
一块块分解自己，放到我的身上
可我还是喜欢胡闹
心空时喜欢出去淋雨，走累时热衷下跪
切悲哀时，也切割自己的经历与荒谬
有父亲时，总告诫自己没有亲人
没有退路和选择，不是真正的人类
追求永恒的心慌

我的父亲，我知道他怨极了我
所以这么多年，他不愿提半个怨字

我

划过一行默温的诗，产生锥心之痛
体内有刚生即死的孩子
体外有永无止境的虚空
我知道自己富有：如此刻被世界遗忘
如我在此之前遗忘了世界
被荒诞告知时，没有任何痛感
—— 一根丢失了灵魂的芦苇
永恒的干枯与脆弱之美

每一天都在丢失我的路上

此刻我非常淡定。面对自己的丢失
我常常奉上掌声和鲜花
奉上消失的慰问与寻找，不需要太多
无用的追赶。几个我
纷纷逃出我，每个都带不走唯一的心脏
每个都比我活得更好
我有它们羡慕的心脏，我是它们的本体
又不构成它们的一小块幸福
我打开自己体内的绿灯，我呼唤我
尽情丢失我

和初中辍学的姑娘

这样的热情让我沉沦
凌晨五点的姑娘，像愚蠢的大火
我爱愚蠢——爱拥有它的姑娘

在香山，我们一同叫卖
“乳瓜、橘子、哈密瓜”，没有更多语言
难耐的烈日与腿软令人着迷

你说你初中后就辍学，说上学
没有意思。我看着你自信地讲述社会学
随后为100元的丢失，而蹲地痛哭

我爱你穿过我，又消失我
添加我，又仓促逃走的背影
错过静止在永恒之上

我养死了那么多条命

我喜欢豢养生命
我不养人，人像沉重的云
只会塌陷我的肩膀。然后一次次
吸走我的力气
我不养老虎、豹子、蟒蛇、鳄鱼
我养的要比它们更温柔、更迷人
然后精心地将它们引渡给死亡

这么多年
我养死了那么多条命
我在那么多条命里兜兜转转
每一个都像极了自己，每一个
都比自己提前去向永生

被时差颠倒的闹钟

赵晓梦

从威斯敏斯特大教堂到伦敦眼

隔河相望，一望上千年
天空终于可以把眼睛平放云端
神话和传说，爱德华或者莎士比亚
都比不过这座千禧年的数学奇迹

如果唱诗班和圣餐让人与上帝心灵相通
伦敦眼这个庞然大物就更让人接近宇宙
高大的轮子、水做的轮子、火的轮子
过去的、现在的、将来的一起转动的轮子

不在乎风鞭打狮子的哀恸，看轮子转动
那些折磨你的因和果就在这里
领悟比聆听钟声更让人幸福
我看见泰晤士河升起的山，生活在柱子上

的凯尔特人。看见那些撕破脸的狗
那些躲在神龛背后没有脸的神
还有狮子身上隐秘的文字。宇宙中
微不足道、幸运或是不幸运的自己

就是一根深埋地下180米的绳子
另一个人另一个国家的命运与我何干？
既然一头深扎进泥土的黑暗
就让浮在面上的雨雪把我彻底忘掉

从威斯敏斯特教堂到伦敦眼，上升或下降
我就是那个不信上帝的伊克西翁
把我缚在这个燃烧和转动的轮子上吧

因为在伦敦，轮子和狮子已经取代十字架

还得感恩这不是伦敦千篇一律的日常生活

被时差颠倒的闹钟

偌大一个伦敦城，被缩小在曼彻斯特街
十酒店一间窗帘整天闭合的房间里
让你有一种被拥抱的错觉
就像成都与伦敦不在一个时间点上
黑夜却能把飞机的梦魇快递到黎明

灰色的房间，一层一层涂着红色百叶窗
就像罗斯科尔在直盯着闯入的陌生人
这种被包围的亲密感
让诗人变成演算时差难题的数学家
这显然比克服语言的障碍更为困难

游过天空的鱼，蹚过泰晤士河的大象
来不及撑开就收起的雨伞
歌颂机器和噪音的机器和噪音
连同对过去事物的仇恨
沿着两种视觉的差异摘下时间面具

你需要深吸一口气，怀着最美好的憧憬
去领略雾都的精髓，就像从威斯敏斯特教堂
昏暗曲折的参观走廊找到脱胎换骨的出口
有时如履薄冰无比艰难，有时奇迹般无比顺利
没人知道生命与死亡的按钮在墙上还是地上

就像这个被时差颠倒又被信号忽略的手环闹钟
每天准会在凌晨三点提醒你去面对这道难题
迫使你把丢在一边的外科手术套捡回来
解剖夏天的羽绒被与大象苏丹粮仓样的身体

大师在墙上

墙壁并未变得安静。挤满眼睛的嘈杂
这些从时间深处收集来的艺术品
不厌其烦复述着我们逝去生活的日常
散乱的片断瞬间获得了秩序和意义

钢琴前年轻女子的眼里岁月静好
镜前裸背的维纳斯让谁的青春吐芳华
骑马的查理一世走过秋天晨光中的田野
丑陋的公爵夫人花瓶里开出十五朵向日葵

画作在墙上醒来，偷走了大师的时间
除了画布的油彩我看不出更多名堂
但我们都尖锐地感到彼此的存在
无论皮耶罗拉斐尔维米尔还是梵·高莫奈

他们对色彩和形状的语言提炼
偷走了属于我的午餐时间
试图寻找观看这些画作的正确视角
面孔中显露出一种绝不认输的表情

被谎言饲养的总督和绝望的贵妇
睡莲池边拿骨头的年轻男子和战舰
镜子里反射出来的奇特细节常常被疏漏
婴儿圣母天使被达芬奇安顿在神秘岩石上

迷宫一样的墙壁拉长着画布的时间
人与历史之间横亘着的深渊在色彩中和解
尽管完美人生是无数大师一个伤心的梦
但我知道，他们的灵魂决不出售

徐志摩的石头

你看到的和我看到的一样
国王学院以一块石头的名义
宽恕一个诗人枉然求爱的忧伤
在他走过的康桥，河水无穷循环

那是怎样的一种忧伤？
为了忘掉而又追求的夕阳新娘
犹如诗中的云彩在波光里荡漾
让卑微的水草保持贞节好名声

这河里没有两张相同的脸
也没有两个相同的灵魂
长篙　夏虫　笙箫　沉默的康桥
这比胆结石还疼痛的忧伤

教堂的管风琴已交出爱情乐章
扇形穹顶犹如没有尽头的退路
无数次的远涉重洋不过是来签收
一笔挥霍完了的青春账单

河流早已在看不见的上游拐弯
时间的二维码扫描出云水情怀
占有你所没有；汉白玉的石头
只截留了开头与结尾的两句诗行

回到桥与河寻梦的地方，你赞美过的
潮湿与光亮，都已在康河的柔波里还乡
吸引人们驻足的，只是石头背后的荣耀
以及在剑桥这张名片上重新介绍自己

剑桥印象

如果一杯咖啡是剑桥的早晨
那一杯红茶就是康河的黄昏
闲坐后花园望天上云卷云舒
街上奔走的都是说外语的背包客

如果国王学院是座安静的教堂
那诗人就是块沉默的石头
在康河柔波的碎片里
水草和长篙撑出星辉斑斓的喧嚣

在数学桥敞开的穹顶下
逆流而上的鸭子像是在翻阅典籍
一场暴雨责备了它们的漫不经心
河边吃草的奶牛听不懂我的母语

三一学院牛顿的苹果树死而复生
照相的孩子旁若无人啃着苹果
科学的奇迹在每个人身上完成
尽管霍金的爬虫没能等来穿越者

“人去留影”。属于剑桥的哲学与神学
在那些古老建筑物身上缓慢移动
为了教堂的木门不被阳光推倒
请你不要在垃圾桶里弹吉他

时间的爬虫

总有一些事情让你力不从心
比如蟑螂站在时间的齿轮上
想停却停不下来。钟摆永恒摆动
就像十字架上的耶稣有滴不完的血

“我将不会为我的灵魂找到休息”
哪儿都有激情的烂泥需要沙子搀扶
当风在天空的臂弯里变成铅灰色
我们不得不在信号接力中艰难前行

如果以不断延伸的天际线来测量视线
我保证，你看不出这面墙的弧形
就像教堂的内墙早已变成外墙
而神父早已宽恕那些长椅上坐着的无罪人

鎏金的蟑螂行走在鎏金的齿轮上
你有一种沉溺于备受重视的错觉
世界宽广，天空的脚手架箭一样掉落
在剑桥，酒吧始终处在街道的结尾处

历史就是眼前这个无限循环的圆盘
解开一个秘密才发现另一个更加危险
那些给时间留下线索的人不是被误解
就是被诅咒，过去现在未来只存在血液里

当紫禁城庄严的大殿上响起下流小调
欧洲人正对这个无险可冒的世界感到厌烦
自然的谜底向一个好奇多思的心灵敞开
犹如教堂的穹顶落入吊灯规律的摆动

从成都到伦敦，我在昏眩中穿过庞大梦境
注视和谛听时间的人有的是时间
皈依宗教的人首先皈依奇技淫巧的钟表
只要风不停止吹拂灵魂就不会飘落

都市人心不累的活法并非只有出离
只要这蟑螂还在时间的齿轮上无声踱步
就没有人会在语法的错误中被处死
好像我们的脸上都写着无智者的魔法

在这密封的镜框里，你看到爬虫和自己
坐时间门槛上。我讲述的就是正在发生的
如同你亲眼所见一样准确无误——
迫使你把丢在一边的事情都捡回来

夏日简约

海湄

好吧，我接受你

好吧，我接受你的参拜
我要带着羊脂球的
膻味，在鼓胀的奶瓶上留下抓痕
行船行久了，满脑子都是不知进退的恍惚
我突然感觉你成了滑腻的鱼
远不止亲爱那么简单
我带着用网捞上来的契约
念了首水淋淋的，满纸都是惊涛骇浪的
诗，与羊脂球商量的结果是
她提着蓬勃的钢丝裙
你在她的裙下牧羊

当然，当我一个趔趄咬破了舌头
好作品就产生了，忘了告诉你
我从不束腰，不束胸，我像一只乱飞的笔
在胸罩上画金色的麦田，丰满到成熟
被一把镰刀刷刷刷地割过去
这时，羊脂球站起来告别
她汹涌的乳房让船倾斜
我当然是要搂着她的
我要把前半生的感受交付给她
她提着小篮子，迈着小肥腿，我不照镜子
也知道她就是我

夏日简约

算起来，从摇蒲扇开始
已经赔光了二八年华，山涧的水落在杏花上
我只钟情于它的蓓蕾时代，来，我们读读
　《西厢记》
从西厢到大观园，从红娘到林家小姐
从羞涩到木然，一盆火烧掉了
眼空蓄泪泪空垂

岂止是尺幅鲛绡，还有个劳惠赠的人儿
我从小纠缠在这样的爱情里
以至于忘了一把锄头的
暗洒闲抛，说到这里我想到了拱门
想起耳垂上的月亮，哦，叫你一声撇一下嘴

福祸之道祸

供奉一只蚂蚁与踩死一头老虎
关系玄妙，需要悬浮
从清明中走向混沌
创世纪由此开始
一生二，生三，生亚当夏娃
生毒虫蛇莓，繁衍之物生于诺亚方舟
凡成双，凡祸不单行

而今日暴雨
污浊之水在低处暴涨
报纸、垃圾、塑料袋、食品盒
狗屎猫尿、尿不湿、卫生巾、自高处蜂拥
而至，眼眸中的不安来自孩童的清澈，
拾荒者源源不断地捡走孩子
把他们制造成跋涉者，谁
也不知道雨的走势

晨光闪耀在墙外

如果我是精灵，只玩闹，没有恶意
你怎么也猜不到，我的手帕里住着黑夜
爱上你不止一次，现在想一想
如果爱再次来到我们身上
我睡得很沉，你，漆黑一团
就算它在我们中间无声地走动
我们也应该知道它来了
它从两棵紧贴的树中走出来
即使没点蜡烛，它也不会碰倒什么

前面还有一块空地
新鲜的脚印正在通过楼群和街道
你的脸被树叶挡住了，一个伤感的侧影
像一头低头吃草的小兽
我们白天站立的地方
还有一个人坐在树荫里等着什么
中午到了，影子回归正中，无论是谁的爱
都已经很难判断出对错
再过一会儿，这地方就会暗下来

我的愤怒是有限的

孩子，我告诉你的事
多数都很锋利，在这个没有盾牌的
社会里，我不知道该用哪只手
抓住你的敌人，我的愤怒
是有限的

孩子，我的心还在
却始终处于窒息状态
我不知该如何跳动，才能把鲜红的东西
解释清楚，在成人的标准里

良知是一个巨大的空洞
而魔鬼也会造血

孩子，这辈子
我都拼不出完整的世界了
这满地的碎片，让我充满了愧疚
我从没打算蒙蔽你，只是我不知道该如何
把母亲和伤害连在一起
为此，我更难过了

关于母亲

我从小就怕她
怕她逼我吃
她爱吃的面条
我爱吃馒头夹咸菜
她不信，她说，你咽不下去这面条
就不要去上学，她用拽到极限的橡皮筋
用力捆我的小辫，她狠狠地说
再让你疯得披头散发

现在，她老了
得了很严重的病
我睡不着就喜欢端详
这个慈眉善目的暴脾气
这个爱使性子的女巫
这个每天等我的
老小孩，这个被疾病折磨的老太太
这个倔强的母亲，这个想把苦全吃完的
妈妈，想把所有的甜
都留给她的女儿

多么让人受用的一句话

云经立

多么幸福

倪萍主持的一个访谈节目
一位八十多岁的老人说起往事
他是神炮手
指导员称他为宝贝疙瘩
他立特等功一次
一等功两次，三等功四次
他说起上甘岭战役的一个片断
那天，敌机炸毁了工事
他被埋在了土里
战士们把他从土里刨了出来
他第一时间问炮怎么样了
大伙说炮被埋在被炸毁的工事里了
他立刻说，赶紧把炮抢救出来
他立即和战友们一起到工事里用手刨
还好，炮身完好，只是炮架坏了
正这时，敌人冲上来了
他用身体稳住炮身
左手装炮弹
他的鼻子，嘴里还在流血
血，滴到了炮弹上
就这样，他一连发了二十枚炮弹
六十多年后，在电视台节目组的安排下
他与当年的指导员重逢
指导员已是一位八十多岁的老人，坐着轮椅
第一眼认出他，依然叫他宝贝疙瘩
多么幸福！指导员与他六十多年后还能重
逢！
多么幸福！他向后人们讲述了他亲历的战

火！
多么幸福！主持人对一位战火的亲历者
进行访谈，并聆听他的讲述
多么幸福，坐在台下的观众，还有我
我们听到了一位战争的亲历者
向我们描述那场战争的模样

梁启超给女儿的信

看梁启超家书
其中一封给思顺的信
写完，并署上日期之后
梁启超在信的末尾
又特别补上一句
他说：忽然想起来了
然后接着说
一个朋友看到
那天晚上
他拿着一张纸
上面写满了
我想我的思顺
思顺回来看我
他问女儿
那个朋友可曾把那张纸
寄给她

多么让人受用的一句话

有三十句情意绵绵的话
我把它转发到一个朋友建的微信群
并挑出其中一句，附在后面
“想到你，我这张丑脸上就泛起微笑”
第一眼看到王小波这句话
我愉快地笑出声来
稍后，我看到她也挑出了其中两句
附在我的后面
第一句
我是极空洞的一个穷人
我也是一个极充实的富人
——我有的只是爱
这句话是徐志摩的，我跳开
第二句
我说不出来为什么爱你
但我知道，你就是我不爱别人的理由
我盯着这句话，打量四秒钟
多么让人受用的一句话
尽管此刻，我看到的
仅仅只是摘录

困兽

雪子

遇见

遇见你之前，我不知道
一直都是错着的
我翻遍了人间，只找到了
零碎的局部，它们无法组合成
完整的幻象，印证
我前世的复述

像一块角木找到了它的缺口
像黑夜找到了它的白天
遇见你之后，仿佛一切
都有了交代

钉钉子

我在对着一个地方钉钉子——
一颗，两颗，三颗……
什么时候松动，就什么时候加固

一颗钉子就是一个漏洞
一个漏洞就是一个深渊

我不声不响地钉，暗暗较劲地钉
大笑着钉，流着眼泪钉……

像把一个不安分的妖
钉死在道义的白墙上

困兽

一直，在找一个出口
以便放出我体内的困兽
它吃尽我的给养、晨昏、好心情
它在我的九曲回肠里
顿步，咆哮，撕咬

而这个出口是找不到的
我唯一能做的是
忍住破碎，和疼痛
把绳索收紧，把自己
一块一块地喂给它

润泽之书

时培建

河汉清且浅

一条水任性地伸进胸膛
石头，便有了更为均匀的呼吸
怀抱旧时的风，荡开涟漪
推出亘古未变的欢愉

风声和一座旧城池的传说
流经身体，盥洗着每一块骨头
遥远的故事才被唤醒。时间潮润
氤氲视线里，船只和我被层层打开

绿色和历史，一同黯淡下来
缱绻的江山好似幻觉，枕微澜入梦
船身有偏颇，呼吸声淡出背景
游离水上，水便有了姓氏。只有
回忆，还在以追溯的名义占据着心跳

蒲湖晚秋

斜阳开始在湖面上匍匐。自西向东
推开一条黄金大道，小小的蓝色腹地
几条木船，在浓郁的光里游走
傍晚的蒲湖，荡漾着葳蕤的气息

在白色栏杆外徘徊，思绪迷失于
粼粼波光之中。黄河楼在傍晚的温柔中
变得神圣，威武地站着，接受湖水的叩拜

又仰望一条大河，安静地去了远方

湖面像偌大的海绵，把余晖、微风和喧闹声
吸进昏昏入睡的肌肤，芦苇垂下高傲的头
向这片小小的绿洲作揖。缓缓而来的夜
正慢慢地脱去湖水的一身绿衣

伫立湖边，任由初秋的风吹乱心事
想到远方的家，水裹着记忆，叩开心门
此刻，蒲湖安静得像一个少女

不安之辞

笔锋伸向河面，从水上吹来的风
带着一股男人的气味儿
湿漉漉的身子，瘫软地爬上浅滩
摆出一副筋疲力尽的样子

迅疾，它钻进绿丛
给自己换上一身好看的衣裳
再回头看刚刚恢复平静的河面
骤然静谧，我却迟迟无法说出原因
只有绿，能压住此刻的不安

我建造了自己，用荣誉和尊严
在一个重大的季节里，建造了我自己
不远处有诗，一朵临近开放的荷苞
貌似一个粉红色的乳房，倏地
将它按捺不住的兴奋
化成一阵阵膨胀，在波光中荡漾

鱼水深处

为了学习光阴在水深处如何捕鱼
那天，我渐入鱼池圣境
摇晃的木板上依然走着救赎的人：
观赏的行人，施舍的游客在他们面前
依旧是一片欢腾，伸向不明的水上

马扎是一棵树的旧吏，盘绳之际
心事往事旧事，交织出悦色
行人坐其上，一切似乎漫不经心
这些在心灵上旅行的人们
正试图在手掌里打出一条活水
引入池中，穿梭于诗语之间

面对深沉的事物，我变得木讷
网隙中，我不问生死、饵料和藩篱
只有片刻的责难和怨愤
弱水之深无以逃出心间，天地宽阔
不如一条鱼忘了枷锁，醉梦江湖

1914年的足球赛

杜思尚

竹林中

儿时去姥姥家
会一溜烟跑进竹林
如一只麻雀
在茂密的林间钻来钻去
偶尔挖出个翠绿的竹笋
在斑驳的竹影下笑开了花
现在，姥爷、舅、妗子的坟
在竹林边一字排开
那只麻雀
再也飞不起来

1914年的足球赛

泥泞阴冷的战壕
雨水浸泡的尸体
这些第一次世界大战的画面
已经过去一百年了
我现在能记起的
是那个圣诞节
交战双方的士兵
放下手中的枪炮
在战场上踢起了足球
场外
士兵们交换着烟丝、朗姆酒
从怀中掏出家人的照片
庆祝进球

新春誓言

伊沙

老还非

68岁的诗人
还非自驾车
从福建宁德
开了将近900公里
到达广东虎门
喝了一顿酒
吃了三顿饭
睡了一夜觉
读了三首诗
得了第二名
欢天喜地
又开了回去
如此玩法
太他妈洋了
实在不像
中国诗人所为
但像世界诗人

暹粒意象

蝙蝠倒挂在菩提树
仿佛黑色的风马旗

孤象

以后我想起柬埔寨的形象
便会想起一头亲人全都死去
牙被锯断一条腿是假肢的孤象
一瘸一拐地走向不可预知
但也不可能再坏的未来

除夕

春晚节目
没法看
我和父亲
还有儿子
去大路口
给天上的亲人
烧纸
正烧着
天上飞过
两颗红星
“是卫星吧？”
“哪里呀
是红眼飞机”
“我敢肯定
这班飞机上
连一个空座
都没有……”
“绝对是
这时候赶到家的人
是幸福的！”
这时候
新春的闹钟
在冬眠的大地上
隆隆敲响

根

永远问自己
你的根
在哪里
当你把自己
枝叶的手
每向天
举高一寸
别忘了
把自己
根须的腿
朝土里
深入一尺

雪夜图

长安一片白
满地春雪
结晶的月光
路上行者
都是雪人
呵着热气
回家

欠

我在看一部
表现非洲
血吸虫灾的
美国电影时
（他们歌颂志愿者）

才想起
我和所有中国诗人
欠我们
伟大的同胞
屠呦呦女士
一首赞美诗
她研发的青蒿素
在非洲
救了一百万条命
但是没有人
把她叫一声
圣女

联想

从冬到春
即将入夏
我发现
室内室外的绿植
对阳光、水分
等外环境的依赖
是差别很大的
这是常识
没有什么
好大惊小怪的
可是当我
联想到人
不也如此
个体差异巨大
便打了一个寒噤

［美国］查尔斯·布考斯基诗选

伊沙、老G 译

善意的建议给年轻的男士，也给老者

去西藏。
骑骆驼。
读圣经。
染蓝你的鞋。
长胡子。
乘纸质独木舟环绕地球。
订阅《星期六之夜邮报》。
只用你嘴的左边咀嚼。
娶个用一把直剃刀剃毛的独腿女人
并把你的大名刻在她的手臂上。

用汽油刷牙。
白天睡觉，夜里爬树。
做一名僧侣，饮弹，还有啤酒。
在水下昂起头来拉小提琴。
在粉色蜡烛前大跳肚皮舞。
杀死你的狗。
竞选市长。
住在桶里。
用斧头打破你的头。
在雨中种下郁金香。

但是再也别写诗。

（1954）

作为麻雀

你必须给生命以放生，
当我们的悲伤跌落平地和山谷
在热血澎湃的大海上
我越过五内俱焚的浅滩边
与腿腹泛白的腐烂生物同在
冗长的死亡，暴乱着四周景色。
亲爱的孩子，我对你所做的仅仅是麻雀
对你所做的；当年轻时尚时
我老去；当欢笑时尚时，我哭泣。
当爱你不需要太多勇气，
我恨你。

（1957）

树叶的悲剧

我意识到干燥，蕨类植物死了，
盆中的植物黄得像玉米；
我的女人已经离去
空空的瓶子像血流干的尸体
用它们的无用包围着我；
虽然，太阳依旧美好
我的女房东犹如晴空霹雳
充满廉价的猜忌；什么是现在所需
是一个好的喜剧演员，上古风格的，一个小丑
用荒谬的痛苦惹人发笑吗，痛苦是可笑的
因为它存在，但并不太多
我小心翼翼地用一把旧剃刀刮脸
这个曾经年轻的男人
据说很有天才；但是
那是树叶的悲剧
枯死的蕨类植物，枯死的树叶
我走进黑暗的走廊
女房东站在那里
诅咒着，最后，
要把我送入地狱
她晃动着肥胖的汗津津的双臂
尖声大叫
为租金而歇斯底里
因为这个世界已经打败了我们
两个。

（1960）

大蒜豆子

这是足够重要的：
把你的感情写下来，
比刮胡子
或用大蒜煮豆子更重要。
它是我们能做的一点小事
这来自知识的些许勇气
当然也有
疯狂和恐怖
从中了解
你那些受伤的部分
像停掉的
时钟一样
一旦停掉
不会再次受伤。
但是现在
你的衬衣里有滴答声
你用勺子翻炒着豆子，
一个爱死去了，一个爱过去了
另一个爱……

啊！许多爱像豆子一样
是的，现在细数它们
可悲可叹
你的感情在火焰之上沸腾，
将此吞没。

（1962）

悲伤至极

我甚至听见了群山
他们在这边大笑
上上下下他们蓝色的两边
向下入水
鱼在哭
所有的水
都是他们的眼泪。
我倾听水
在我酩酊大醉的逃亡之夜
悲伤变得如此伟大
我在我的钟里听见它
它变成我梳妆台抽屉上的球形把手
它变成地板上的纸片
它变成一只鞋拔
一张洗衣店的洗衣票
它变成
抽烟
爬上一座爬满黑暗葡萄藤的小教堂……

它，微小的物质

微小的爱不会如此之坏
或者微小的生命

数以几计
在墙上空等
我为此而降生

我出生来催促玫瑰花落死亡的小径。

（1962）

如果我们拿走——

如果我们拿走我们所能看见的——
发动机正把我们逼疯，
情人们终于仇恨；
市场里的鱼
向上看穿我们的头脑；
鲜花腐烂，蜘蛛网捕获苍蝇；
骚乱，被关在笼中的狮群的怒吼，
恋爱中的小丑与美元钞票同在，
国家前进人如卒子；
日光用美丽盗取
夜晚的妻子和美酒；
水泄不通的监狱，
普通的失业者，
临终的草地，2-bit火灾；
男人老得足以爱上坟墓。

这些事物，与其他的，从内容上
显示生活在一根腐烂之轴上摇摆。

但是他们给我们留下了一点音乐
和角落里的一根尖刺表演，
一条苏格兰小帆船、一条蓝领带，
小小的一卷兰波的诗，
一匹奔跑的马仿佛魔鬼正在

缠绕他的尾巴
越过牧草，一声长嘶，然后，
重新恋爱
就像一辆有轨电车准时
拐过街角，
城市在等待，
美酒与鲜花，
流水淌过湖泊
还有夏天冬天夏天冬天
继而冬又重临。

（1969）

一些人从不发疯

一些人从不发疯。
我，有时我躺在教堂后面
三四天。
他们发现我在那里。
他是小天使，他们会说，然后
将葡萄酒灌进我的喉咙
摩擦我的胸部
用油泼洒我。

然后我会一声咆哮一跃而起
大爆粗口，怒不可遏——
诅咒他们和宇宙
当我在草坪之上送他们一个
四散而逃。
我会感觉爽多了
坐下来干一杯，
哼唱一支小曲，
突然变得像一头粉红色
吃得太饱的鲸鱼
一样可爱。

一些人从不发疯。
多么真实可怕的生命
他们得生存。

（1973）

总数8

从我的床头
我看见
三只鸟
在电话
线上。

一只飞
走了。
然后
另一只。

一只留下了
然后
它也
走了。

我的打字机
是墓碑
静静的。

我尽量
不去
看鸟。

只是想我应该
让你
知晓，
混蛋。

（1989）

秘密

别烦恼，无人拥有
美丽的女人，这不是真的
无人拥有奇异
隐藏的力量，无人
杰出或者精彩或者
不可思议，他们只不过似乎是。
所有的一切都是一场恶作剧，一场内在的骗局，
别烦恼，别相信。
这世界拥挤着
几十亿人，他们不论生
还是死都是无用的
当他们中的一个人跳起来
历史的明灯便闪烁起来
在他们头顶之上，忘掉它，这不过
似乎是，这仅仅是
再一次又一个愚弄傻瓜的
表演。

没有强壮的男人，没有
美丽的女人。
至少，你能够明白地
死去
那么你可能拥有的
只有
胜利。

（1991）

一场新的战争

现在一场不同的战斗，避开了老年的
消沉，
撤退到你的房间，伸展到你的床外，
没有多余的东西移动，
这是临近午夜的此刻。

并非很久以前你的夜晚仅仅只是
开始，却不哀叹逝去的青春：
青春没有任何
奇迹。

但是现在却在等待死亡。
不是死亡而是问题，是等待。

你应该在十年前死去。
你烂醉如泥的放纵
残暴无终。
现在一场不同的战斗，是的，但无所
哀悼，只有
记下。

坦率地说，这甚至是有点迟钝的刀片上的
等待。

至于感谢，在我离去之后，
没有更多的感谢给他人、他日
他夜。
狗儿在墙边等待，树儿摇曳在

风中。

我不愿留下很多。
只有可读的一点东西，也许。

一只野洋葱头生长在烧毁的
道路上。

巴黎在黑暗中。

（1992）

写给一个重庆女孩

吴雨伦

无题

光滑崭新高耸的双子塔
文明催生出的钢筋混凝土门牙
电钻模仿牙医的钻头亲吻着它们
城市发出痛苦无尽延绵的哀嚎

复仇

水蛋和蝌蚪都生活在池塘
蝌蚪很温顺
水蛋很凶猛
水蛋经常捕食蝌蚪
蝌蚪只能逆来顺受

后来
水蛋长大变成蜻蜓
蝌蚪长大变成青蛙
青蛙顿顿吃蜻蜓
每顿饭前
都想起童年的手足之痛
享受复仇的快感

物种起源

上帝

偏执的烹饪大师

在火山沸煮海洋的
四十亿年后
创造了草履虫、恐龙
和我们

哥伦布

上海滩的夜晚
看着黑色的黄浦江上
一艘艘货船
驶向大海
内心很难产生什么波澜

当我第一次拿起地球仪时
便对这个星球失望至极
——它已然无法满足我对神秘感的需要

有时候会很羡慕哥伦布
五百年前的夜晚
大西洋深处的小船上
只有这个幸运男人的烛光
燃烧在无限绵延的黑夜中

燃烧在倒影整个星空的海面上
燃烧在上帝眼球的倒影里

赠毛子晴

今天夜里雾霾爆表
城市里瘴气弥漫
人类用白布蒙在脸上
灯光也变得苍白无力
虽说今天是月圆之夜
但满月也被染成了淡红色

这样恐怖的月亮吓退了那些
即将变身的狼
据说它们在月圆之夜
会跑到山巅
疯狂嚎叫
然后变身

它们显然吓傻了
今晚一片安静
这座城市比以往任何时候
都更像一个坟场

这不禁让我想起了毛子晴
那个见到所有人
都会大喊打招呼的姑娘
声如巨雷
而且很尖锐
尽管她个头很小
甚至比狼高不了多少
但她的丹田十分了得
唱歌也很厉害

如果条件允许的话
我希望有人能出钱
请她今晚
在城市里最高的山巅
在满月之下
高歌一曲
或者至少大喊两声

她一定能够在居委会发现之前

挽救这座城市

在我决定为艺术献身的时刻

在一次话剧演出里
我被迫和一个女孩
演一对老夫妻
还有吻戏
姑娘是个典型的
北京大家闺秀
她的父亲是个军人
听说枪法很准

我幻想在演出高潮部分
她的父亲来到剧场
一脸严肃地
看到那些
敏感的画面
他也许会怒不可遏
掏出手枪
当众打死我
完成一个父亲应尽的义务

这个想法不禁令我寝食难安
演出时间一天天临近
我幻想的那个开枪的瞬间
也一天天临近

“但这是你拒绝成为
成熟男性
和创造艺术的理由吗？”
我灵魂里的一只小天使
这样告慰我
也对
这让我又一次鼓起勇气
重回舞台
我决定在演出时
换上一身白衬衫
演出结束后的舞台上
那斑驳血迹的白衬衣
终将告慰我的灵魂！

特拉维夫超市里的恐怖瞬间

在特拉维夫的超市里
看见那些
包装完整的肥皂
外表精美

我的喉咙有些哽咽
一种不可名状的恐怖

肥皂周围站满了犹太人
活着的

梦中的死海

离开死海前
为了留作纪念
我打算装走一点死海水
碰巧没有别的容器
只好用一个可乐瓶

在梦中
我再次回到死海

高大的浅黄色岩石山
布满白色盐块的海岸
气泡冲上碧蓝色的海水
阳光下
泛着淡淡可乐味的清香

写给一个重庆女孩

我遇到了一个重庆姑娘
她性格十分火爆
身材不错
满口重庆话
一种北方人无法理解的语言

这让我想起了四年前的重庆之行
永远潮湿的被单
辣到胃穿孔的火锅
和长江
坐船时
它吞噬了我挚爱的手机

最糟糕的是足球
在重庆的电视机上
我亲眼见证了阿根廷队
与大力神杯失之交臂
在20亿人的注视下
世界第一前锋
冈萨洛·赫拉尔多·伊瓜因
浪费了单刀机会
足球擦横梁而出
他太紧张了
就是这样
命运玩弄了可怜的阿根廷人

重庆姑娘讲重庆话时
时常让我想起这些

虽然那些话我根本听不懂
重庆女孩嘴又很贫
每句都像在骂人
她可能是在骂人
也可能谁都没骂
可能刚刚在讲一个笑话
她很有幽默感
讲笑话时总是很有表现力
虽然重庆笑话也听不太懂
我们每一天都很忙
大家都很累
听到重庆话时
胃还会隐隐有辣椒的酸痛

后来我们有段时间没见面
重庆话也很长时间听不见了

再听到时是一个男人蹩脚的重庆口音
带着北京口音的质感
但是似乎还有模有样
我又一次想到了决赛里的伊瓜因

太遗憾了
如果在那单刀的四分之一秒里
这个阿根廷人
能够放松心态
想想自己童年玩积木的时光
也许下一秒钟
就可以和十几亿人一起欢庆了

想想不由得有些遗憾
在我耳边
确实是那种无法辨识的

熟悉的口音
我的胃又开始了熟悉的酸痛

一种难以捕捉的
迷离的性感

牧地长调：凛冬七章

赵卡

1

万物踏入凛冬的雷池。草原上的睾丸都缝补过
山脊凝重，
大牲口们只剩下皮毛，
猛然映入眼帘的河流从星辰间中剥出两座妓院

或者像一季的修女院。
或者是砸落枯草间的七处坟冢。

2

二百里外的风起先从我的一行诗刮起
裹挟着利斧，比砍掉两个乐章的强盗交响乐还强劲
树木滑倒，
路途迷乱，
从冰面上舀出水

过了今晚，我手捏一把腰子状的剃刀
切开深喉

3

一群鸽子，又一群鸽子，上帝的礼物从天而降。
雪在它年轻的时候
长成锋利的狼牙匕首
锯掉鸽子拍动的翅膀

我是一个挥霍诅咒的盲人，
用想象替代精细的观察，
在河水湍急的天上，空造的教堂射出夺目的箭

4

我惊奇于冬日忍住的虫鸣，枯枝蒙尘，云朵孤立
一只病蚂蚁形单影吊，在凛冬中为无处藏身
而焦虑
冻死在水里的鱼不体面
豹眼昏花

风宽大，像一位患疾的传教士途中握住一剂偏方
有钱人的教区坦露着上帝的脊背

5

大碗酒，上了釉
鲫鱼头，五魁首
草地冻硬，月轮即油轮
抛下铁锚，如俯首啜饮
在凛冬，谁还不是一个肉身卷入苦境的外乡人
如果要赞美，请先掐掉喉管里的孤鸣吧

6

寒气如活剥人皮的酷刑，那刀工从未疏忽过一寸
从锁骨到耻骨，身体的谱系比大数据还容易
露出破绽
凛冬是器官的棺材

我却不至于绝望
看穿了棺材的漆匠
我有钢牙
像刽子手榨酒

7

我爱的女人身体里有罂粟的浓香
乳房如粪肥催熟的番葫芦，侧影被骨架钓着
冻死不露骨

我爱的女人像祖国唇角的一粒小痣，
凛冬已至
流水卷走所有活着的女人
一束光，在十万八千里外灵光乍现

佳节

李郁葱

我们回到这里，闲暇的码头
我们吃、喝、走亲访友，通宵达旦
我们找到时间的痕迹……

一、除夕

1
一开始我们是完整的，
在多日之后，我们再次回到这里：
从拥挤的春运和分开的人群间
如果时间改变，或者
它被缩短为一瞬间

照片里的容颜，在认出的片刻
孤寂消逝，但房子低伏
即使它有着高大的门楣和窗棂
一个循环的时间是封闭的，
那些风流动，时间的种子，
万物之始吗？
不，我们从这里出发，又回来

2
来到这些时间，
从舌头和沼泽所燃烧的篝火间
那些弹奏着光亮
和黑暗的日子，让我们放松下来
松弛于一种莫名的倦怠
冷冬将成余烬，个人总结也已打印
一年只是表格中简短的字句
有什么一直追随着我们？

一年将尽，一年之初
是的，遥远的爆竹声，
“凶”兽将临，它虎视眈眈
那么多年如影随形，
或远或近，在我们的呼吸和薄薄的
影子里，落叶摇摇欲坠，
树枝累了，如果有血液返回到躯干
我们需要有一个新的空间
或开始

3
那么闲暇，那么缓慢下来
聚在一起——
在美酒和佳肴里，放肆于
那些浅薄之辞，或在虚浮的笑声中
感觉到生活的重量

有一些事物推门而入，
趁年华？感知于夜色的凉薄
这一刻，是否有着更多的区别
比如鼾声
和几乎凝滞的温度计，携带着

记忆，远眺。睡眠的节奏。
以及我的保持。
当岁月将尽，冬日将尽
那些时间的灰烬，在光阴的侧面
一个守护之夜的疲倦
未遂的雪积膝，声音空漠

我让身体放松下来，完整于自己。

二、正月初一

1
空气有着最初的稀薄，像阳光
有着开始时的柔软。窗含西岭，千秋在睡眠之外

一条街波动，看不见的涟漪，谁闪着
那一瞬的雪意？开门即喧嚣，沉静如花开

我们把它命名为开端，一种仪式：
岁之朝，月之朝，日之朝。或许是一种出发

屋檐下，水滴成锥。疲倦者拥被高卧
一年的雪下在他的身体里，一年之始的荡漾

像孩子从枕头下摸到他的早晨，经济的喜悦
自由为他裂开的门缝，白驹过隙时小小晃动

2
无法守住的岁，正是东方微澜的恍惚
而扫帚灌注着它东方的魔法：休息的一天

我们怀抱着富贵的气息。不可扫走运气，
不可把水泼向外面。如果是出于自省和内敛

我听到遥远的爆竹声里躲着的神灵
它依然悲悯，灶神、厕神们依然各司其职

把这一天过得如此简单，近乎透明
但转眼就是白头，我在这一天醒来

春天在身体的暗处扎下了根，它破壳
睡着时我得放松那些紧张和防御——

三、正月初二

猪、羊、鸡、鸭、鱼……它们在桌上
有被赋予了的意义，将抵达共同的梦境
当它们在驯服中无声无息，我知道
物尽其用。但这是正确的打开方式吗？

因此回到我们曾经住过的地方
朱颜未改，乡音犹在，突然蹿出来的童年
一面镜子可以照见我们的归途
或者是开枝散叶的去处。你悠闲于

屏幕里的惊涛骇浪，而内心的平静
在这样一个时日，无数波浪之间的低谷
让你躯体里的那个孩子发音，
他统治这一天：混沌，午时的祝福里

仿佛左邻右舍，一件礼物递出

以便于确定我们的位置，在众人之间
我们丈量到自己在世界的定位
没有太近，也不能太远，就像房门虚掩

光能够漏出它和黑暗的争吵
模糊的氤氲，而黑暗勾勒了我们的
钝滞：被那些虚荣的事物所敷衍
门窗外，犬吠渐入人影。

四、正月初三

1
羊日。但愿天气晴好。
来自于女娲随手捏出的形状：
这一日我们不可宰羊，
为了这温顺的动物
驯服的叫声。我们走过庄稼的阴影
悲哀于事物以循环的方式
打开我们：

但我们可以宰鸡，杀鱼，在短暂的怜悯
和对饕餮者的举杯后
“烧了门神纸，个人寻生理”
日已高出，露滴尘土
松柏的香味里，举头三尺
终究有出门的理由，新就是旧

2
有小小的触及，
比如果腹之物的生日：感恩于这赐予
我们当禁食米饭，当祈祷，当五谷丰登。

3
风和日丽，不如走亲访友
对饮，有若干的回顾和展望

或登高，树叶稀疏正好适合远眺
风压住了树枝，而台阶高过我们的膝盖

江山值得斟酌吗？不，
我更关心于这些俗物，像一条仿古的商业街

兜售离我们远去之物，轻的，廉价的
不可遗留的吻，隐藏之深的问号

明天有雨，降温，但今日微醺
落在纸上的海市蜃楼：且饱食终日

五、正月初四及空白之日

石头里有紧闭着寻找绽放的花？
蜜蜂在盘旋中能寻觅春的气息？
风吹过的书页，有着海般的浩瀚？
我读到的命运，在睡眠的深度里？
这一天没有特殊的意义，我整理书房
他们的经验和我有关吗？
关于这一天，没有别人的解释
所以它是我的，我喜欢在平淡的空白中
写下这微小的颤动，残存的
没有那么拥挤的日子，嗅到
樟木的清香，从夜色和尺蠖的距离间

六、正月初五

1
这一天早起破晓，少了雄鸡一唱。
百无禁忌？我看到细小的灰尘蹁跹
将进入这年最早的忙碌，之后
诸事均宜？微光笼罩着房间里的寂静
此刻如梦方醒，一岁又长
屋外空地上荡漾着绿色的叫喊
有些事物回来，有些将不再看见

送穷，迎财。
词固穷，意深远：泥淖上的
鸟足痕，人世下半场，当早睡早起。
波澜渐起于枯枝折断处，有风过
顿时安忍不动如泥菩萨
仰望着蓝天，鸟巢空荡，一个问号
直到春天把它湮没于一树苍翠

如有些我不想说的，余生不会再说。

2
少不得一日三餐。
这时候开门纳客，拱手为礼
一句好话暖人心
对的，孩子们都前程远大
老人们都福泽绵长，我们走在桥上
两岸屋舍的倒影吸入我的倒影
在清晰和浑浊的水面下
呵，有多少暗中流过的往事，多少生命
活跃在我看不到的地方
我的世界，只是我看到的模样
但绝不盲人摸象，绝不涉水过河

3

花的魂魄，山水勾连
少年人从不懂得欣赏，正如四月里
牛嚼牡丹，果腹之火何来美丑
有多少东西可以用来消遣？

像沉迷于牌局中的人放弃了
出牌的机会。
此刻假期将尽
一夜未眠者直到雾气消散
老人们带来风景的喧哗

白日放歌须纵酒。喝吧，
在这薄薄的日子里，积雪消融
气温回升，高领毛衣有些造作
而梅花正把香气蒸出

七、正月初七（“人胜节”“人庆节”“人口日”“人七日”……）

第七日，女娲从水中看见了自己
于是漫山遍野都是直立着的问号
在鸡狗猪牛马之间，人有一个莫名的诞生

就像它们披上了人皮，被无知所点亮
而我们的身体里都蹲着一头动物
生死疲劳，谁会凝视针尖上的一滴血？

生而苦，或苦中作乐。遥远的年代里
水之滨，山之脚，人们头戴“人胜”
巧手剪出，模仿造物，剪彩为花，也剪彩

为人：与镜像中的自己相遇
或有登高赋诗的台阶，在风的另一边
我们能用声音惊醒睡眠中的灵吗？

如果她藏在一只鸟短暂的生命里
相比于我们的百年，那一瞬间的流光
无从寻觅。我们开始又一年的工作

这泥淖曾是我们的肉体，种出庄稼
让我们在引力中被牢牢地束缚
楼越砌越高，我们还能在俯瞰中看见自己吗？

八、正月初八

正月八日，石磴巷放生，笼禽雀，盆鱼虾，筐螺蚌，罗堂前，僧做梵语，数千相向，纵羽空飞，孽着落屋上，移时乃去，水之类投皇城金水河中网罟笋饵所希至。

——（明）刘侗《帝京景物略》

1
顺利于这一年的开端，或者是
一种仰望：星出，长夜空阔，或已司空见惯
但今天给予它一个仪式：
我们望天，在案头、灶台、门槛等处
置放下一盏灯，散灯花儿，把这些气息
融合在一起，万物悠悠
我们充满草茎般盎然的汁液
从冻土中探出身来，与风相互交换

星空有它们的秩序，即使我们的视线模糊
无论我们是在平原还是高地，在海上还是山中

这是祈祷的夜晚，自我的看见
我们点燃了那些星，它们的名字，和它们
所照见的我们：行走在它的视野里
其实它们从不为谁升起，
但我们以为它们会，供奉它们，祭祀它们
直到那些灯油枯竭，灯花飘忽

这一天，我们行善积德，嗅到大地的荷尔蒙。

2
让鱼回到水里
把鸟还给翅膀
让杀戮者展示它的天性
把高亢的歌喉再次打开
物竞天择？偶尔
我们描摹了下这山水
给它一个动词
我们放过了自己
汹涌的泪，一行
出于黎明，一行出于黄昏
这是一种感激？
来自于别处的灰尘
腾空笼子
被再一次装满？
让灯油灌注回
那空荡荡的躯体
泥菩萨于是看见

3
返回到事物的最初，我们所看见的
霜结板桥，有人赞美鹰的锐利
和它影子里的荣耀，它高蹈于丛林

回避我们，文明的紧身衣，冰和火的
未遂，我们吸收了它们，排泄到体外
但魂魄是否已经秘密中转换？

鹰踪绝，麻雀有过一场浩劫，但
弱小者以它的繁衍作为抵抗
这是诗？鸿鹄高飞时，燕雀安乐中

比如放开了它们，我们放弃，放弃
无力在风中的缰绳，无形的马驾驭着
一生的劳顿：仰望星空，填满这虚无的肉体。

九、正月初九：天公生

天圆地方，天地间渺小的
一个点。我们总想找到生活的意义和秩序
并在最中心的地方放置下重要的那一个
他品尝过所有的荣辱，在失败
和毁灭的边缘，他主宰了自己
在这一年开始的地方，我们祭祀他
三界十方，人间万灵，天在上
他的言语决定我们这一年的冷暖
他的臧否收割我们的泪水和喜悦
清香花烛，有天的地方就有他
我们敬畏于，这些看不见的生灵
在我们的周围，在我们的思想里
在我们读过，和我们走过的地方
他一直在，比如一个小小的趔趄
一声微弱的咳嗽，或一簇焚后成烬的
火苗，在他的涟漪里，我们
看见自己的镜像：从呱呱落地中走来
永生在这些传奇出没的山水里

十、正月初十：石不动

十，石的谐音，石头的生日
不是猴子的迸裂，不是石破天惊
仅仅是我们周围的石头
给它一个生日，物总有其来处

我们从来处来，在石头的沉默里
照见自己，并在石头上雕刻
赞叹它的逼真，那是石头的声音吗
它从不模仿我们的动和静

磨、碾……顺应这石的天性
斧、锥、刀……小小地改变它的痕迹
在它阴郁如火的面容间，它
不动如大地，但猴子一翻十万八千里

赋予它魂魄：礼遇、感恩，
让忙碌之物休息，在化为齑粉的水流中
抬着石头神行走，如果在孤寂间
走入那石头坚硬的心，风也许吹圆了它

也许给它棱角。我们已走入石头的心
走入漫长的时间，以夜色开始的一天
在夜色苍茫中结束，但傍着石头的火
从不会烧着石头。石头不动

通常的一天，我们命名了它
通常之物，我们捕捉了它。藤蔓纠缠
一块做梦的石头，垫脚，还是立在
山道之上？无用的顽石，正好明天用来磨刀

十一、正月十五

蓦然回首，那人却在灯火阑珊处。

——辛弃疾《青玉案·元夕》

1

闹腾着，千树万树的灯，夜之花
人是这低沉苍茫中的剪影

深度，不如看他们杂耍，看他们
用微亮，或灿烂的光
敷衍出这样的繁华：春过十五
春衫薄去，而春意如此流转

如果选择了一个面具，身体里
就会钻出这样的动物，孩子们选择
糖果的形状：那糖，化身到他的身体里
这一年，他像这动物一样撒野？
提前挥霍了一长年的快乐，
它是一个总结，我们幸福的宽度和狭窄

灯亮了，把灯点到这一年的喉结处
把灯汇成海的波纹，并扩散于
城市的深处，而在乡村成为风的呜咽
让灯照亮你所看见的方寸之地
甜总归会消失，从舌尖
移到胃的料峭：我们有多大的饥饿？

2
点灯。
汉，一天；唐，三天；宋，五天；明，十天……
辞旧迎新，是否一切都可以原谅？
我不为消失了的羞愧，对还未到来的
我并无期望。

白昼为市，综合体里喧嚣盈耳；
夜间燃灯，夜色之中星光黯淡。
在记忆的边缘，它花样翻新，欲与天公
试比高？这人间的模样？好吧

孔明灯升空，犹如融于水；
荷花灯飘远，仿佛满天星。此刻
有灯照亮我的声音，它点亮谁？

3
无不散的筵席：“十一嚷喳喳，十二搭灯棚
十三人开灯，十四灯正明
十五行月半，十六人完灯。”
南柯一梦，在鱼龙之舞中，人世的
草蛇灰线，或是这一天的明亮

摩肩接踵，抵不过这簇拥的场景
聚、散，无非是两字
远离和回归，花灯骤亮迷住了人眼
但我们猜出那些谜了吗？有多少猜出
并不说出，比如休息也是疲顿的

流水不腐，到处都是这样的面容
去岁和今夕，无非
循环往复，像沉下了的劳作
良宵将尽，寒暑轮回，昼夜的尘埃间
伺立于它之间：蛋白质的75千克。灵魂的21克。我。

天命与修辞

——读赵野组诗《苍山下》

颜炼军

大理算是云南境内相对有文脉的地方；但说来惭愧，由于19岁就离家赴京求学，生长于斯的我，对大理的地方文史传统所知甚少。远走他乡后，才开始零星留意关于家乡的知识。读大学期间，在北京图书馆读到过一本刚整理出版的书，名为《大理古佚书钞》，该书辑录了几部明代大理文人留下的笔记稗史，颇多生动的野史掌故；后来也浏览过方国瑜、游国恩等现代学者的相关论著或编辑的史料。一个粗浅的印象是，在古典中国的政治和文明视野里，大理是山高路远的蛮夷之地，很少见内地文人长居于此。古代来过此地的内地文人都很有名：比如明代杨慎被发配云南，客死昆明，大理民间有许多关于他的传说；徐霞客来过大理，他的游记有不少有关大理的内容。直到抗日战争期间，才真正有大量作家、诗人、学者跟随西迁的大学来到这一带。

当代以来，中国大规模的工业化和城市化，让这里成了"远方"和"自然"。从中国乃至世界各地迁徙至苍山洱海之间的汉语诗人，虽看似承接古代汉语诗人的隐逸之风，但更像十九世纪英国的湖畔诗人或瓦尔登湖的美国作家梭罗。中国古人隐逸，或是生活的一种美学化，更可能是一种政治或功业策略；西方浪漫主义诗人栖居湖畔，则多是通过接近自然及其背后的神性，来表达对工业时代的憎恶和反思。中国古代诗文和绘画里，田园山水蕴含自然之道；欧美浪漫主义文学和绘画，帮助他们在工业革命的轰鸣与烟雾里，重新发现甚至发明了自然之美。承接中西传统的当代汉语诗，如何以新的修辞来发明出可以改善生存处境的词语镜像？寓居大理或其他任何地方，既不能抗拒或逃离现代科技主宰的世界，也难以摆脱借助现代科技而变得强大无比的各种意识形态。赵野的诗里引了西方现代哲人的话：“阿多诺说，没有任何抒情诗/可以面对这个物化的世界/阵阵好风吹过，我还是/感到了一种顽强的诗意。”这顽强的诗意具体是什么样的呢？

与赵野近年其他诗相像，《苍山下》这组诗里总是显现一个顽强的抒情主体：“日日面对群山，我的抱负已星散”（《日日》）；“时代不断错过，我乘云而起/最后清点这大好山河”（《连夕》）；“一片苍茫中，我立地成佛/将自身移入他人与万物”（《老虎》）；“汉语要召回飘远的游子/做个暗夜持灯人”“文脉断裂了，灵魂如何安顿/我们是热爱意义的人”（《我以》）；“我梦见幽暗的/荆棘里，有麒麟足印”（《逆着》）。上述诗里的“我”的发声姿态里，混杂着几种成分：有现代知识分子的启蒙形象，有浪漫主义诗歌里常见的“大我”的影子，有八十年代诗歌里延续下来的精英情调。

当代汉语诗里的抒情主体，大致有两种姿态。二十世纪八十年代许多诗人开始对语言内部世界的探索，让抒情主体的姿态深度隐喻化；九十年代许多诗人对诗歌叙事性的探索，增加了诗歌抒情主体形象的戏剧化特征和反讽气质。作为二十世纪八十年代就开始写作的诗人，赵野近期诗里的抒情主体形象，似乎有意避开上述姿态，而采取了近乎直言式的抒情，这种姿态决定了他的诗歌主题及其展开的方式。比如，他执著于追问生命价值；希望诗歌能证悟真理，安顿灵魂。在形式上，这组诗也有明显的特征：语调相对单一，隐喻密度不大，箴言式的诗句较多。诗人不注重一般的“寻章摘句”，而是要“为崩溃的天下寻找词汇”（《碧海》）。因此诗人笃定地说：“如果位数已定，那些追问/和卜疑，只与山风押韵/修辞不足以完成一种天命/唯在断魂处思慕先贤。”（《那么》）诗里提出了“修辞”与“天命”之间的关系：“天命”显然指诗人的使命；以修辞完成“天命”的诗人，又必须时刻警惕修辞的牢笼。我觉得这是理解赵野诗歌的一个关键入口。问题是如何突破修辞的牢笼？诗人转而说：“唯在断魂处思慕先贤。”下面这首《想象》，可以说是诗人“思慕先贤”的具体展现：

想象一种传统，春日
天朗气清，我们几个
吟风，折柳，踏青草放歌
或者绕着溪水畅饮
我们会在冬天夜晚，依偎
红泥小火炉，看雪落下
此刻诗发生，只为知音而作
不染时代的喧嚣和机心

古典诗文里许多精彩场景，常常是生活摹仿的对象，赵野显然不是简单的复古主义者，百般“思慕”，首先是思慕先贤突破修辞牢笼的力量，也是基于对当下的忧惧甚至绝望：“我们就是文明的灰烬/燕子空衔飞扬的六经”（《我们》）；“我们一代代，徒劳报废自己/天空空无一物，大地上/奔腾着粗鄙的现代性”（《独自》）；“君子已失栖身之所/苍山顶上空无一人”（《昨夜》）；“这个世界太多复杂的智识/其实不过文明的惩罚”（《我写》）；“长夜碾压了往圣足音/草木犹厌红色兵气”（《苍山》）；“这个世界还会好吗？每天那么多/坏消息，羞辱明月清风”（《今日》）。对现代生活和汉语语境的忧惧，催生直言；因“空无”而生的万古愁，感发哀歌，这是诗人“天命”的两个面。但直言和哀歌的有效，恰恰需通过修辞来实现。诚如赵野在诗里所言：“好诗要开出一片山河/在自己身上克服这个时代”（《我听》）。“山河”将在什么样的好诗中“开出”？什么样的诗能“克服这个时代”？诗人也在寻找与“天命”匹配的“修辞”。

在整组诗的结尾，诗人更多地借助了修辞的力量，或者说，他试图创设更有力的修辞：“异乡人，必得在无明里/找回自己的精神记忆/因为仁引领我们上升/像爱转动太阳和群星。”在这里，诗歌摆脱了直言与哀歌，回到精细的修辞。所有现代人都是“无明里”的异乡人，如何找回那种让我们如归故里的“精神记忆”？赵野的愿望很有深意，他提及“仁”和“爱”。歌德《浮士德》里引领我们“飞升”的“永恒女性”，被他置换为“仁”；末行则似取自但丁《神曲・天堂篇》结尾，但丁说，天堂是三卷由爱装订的大书，太阳、群星和宇宙以爱为动力在运转。诚然，在充满不确定、高度技术化的现代生活里，在恶劣的汉语语境下，如何重新发明改善世界肌理的仁爱，并让它们成为诗歌的内在动力，是一项心智伟业；但诗人能否确定，对修辞资源如此运用（在诗里，作者还标明了许多诗句的源头），或者说，诗人关于“天命”的修辞形态，可以“克服这个时代”？《苍山下》可贵地重申了这一命题，但并没有构成对这一诗学难题的有效回答。比如，以诗人笔下出现频率较高的“苍山”意象为例，苍山提供了一个自然的、永恒的，当然也是无常的参照，同时也是一个“边缘”的经验视点：“我有屠龙术，长风万顷/在苍山之巅小天下。”但它依然没能被“恍惚就成了祖国的囚徒”的赵野们，通过写作点化成一个拥有深谋远虑的核心意象或主题，成为突破修辞牢笼的利刃。语言、历史和现实身上布满的细菌和病毒，催生了诗人的天真和理想、忧愁和绝望，赵野在诗如是说：“落叶纷飞，闪耀末世的光/赋予诗和美新的合法性。”而新的合法性，或“顽强的诗意”，只有在卓越的修辞中完成，才能产生实践性的力量。

从霍金之死说开去

当代诗歌三人谈（二）

时间：2018年3月14日

地点：潘洗尘家。露台。

谈话人：耿占春、宋琳、树才

树才: 今天我读微信，一个信息是霍金死了。我也这么认为，霍金可能是全世界头脑最精密最聪明的人。两位老大哥是不是注意到这条信息？

宋琳: 我是刚才来这里才听说的，霍金今日去世是七十六岁是吗？霍金那样的一个身体能活到七十多真是不容易。我注意到霍金是因为读过他的《时间简史》这本书，我也特别崇拜这么一个大脑。有一次参观一个英国年轻艺术家的群展，里面有一个作品：坐在轮椅上的霍金，好像是一个雕塑。那个艺术家看来对霍金也有一种崇拜。刚才听洗尘说，今天也是爱因斯坦的诞辰日，他们两个人在同一天，在今天这个日子衔接生死，可能是有象征性的。爱因斯坦的广义相对论、热力学第二定律，包括对引力波的预言现今是得到了证实。我们刚才谈到时间，我们生活在大理，对时间的感受可能跟别的地方不一样，至少有一点如古人讲的“山中方一日，世上已千年”，可见时间是一种相对的主观性的尺度。那么相对论正好也涉及时空的某种相对性。早先以为地球是宇宙的中心，在我们中国，古人也曾经有浑天说、盖天说等几种学说，是吧？我们的宇宙模型曾有三四种不同的模式，但是关于地球的发现，其实是西方传教士来到中国以后，把一个地理的概念，经由士大夫阶层、文人阶层而被人慢慢地接受了。中国古代的堪舆学以为天圆地方，天和地的这种对应性是形而上的一种模式。但是西方是通过天文望远镜对天体的发现，对太阳系以及太阳系之外别的天体的逐渐发现，不断把地球中心变成太阳中心，再扩展到银河中心，进一步扩展到多中心的这么一种宇宙模型。我觉得这非常不得了。我当然对科学是完全外行，我就想谈一点霍金《时间简史》里面的时间观。刚才树才说到白洞黑洞，所谓白洞就是宇宙大爆炸，就是能量忽然间集聚，爆发，宇宙创生了。然后，宇宙会通过热力增熵，空间膨胀，随着冷却而又缩小，最后变成一个黑洞，它的质量非常高，难以想象。所有周围的物质，巨大的，比如那些太阳、星星将全部被吸入。这个时候时间就进入了一个终点。所以从起点到终点改变了我们教科书上所谓时间无始无终，空间无限广延的这么一种宇宙观。

树才: 我被他吸引，因为他拓宽了我对空间的想象能力。空间还有很多未知，被他的黑洞理论一讲，他给我带来了一种恐惧而又刺激的想象，但他几年前又把黑洞理论发展成了灰洞理论。他自己说，你们不要相信我的黑洞理论了，因为经过最新的研究，我发现黑洞在吞噬一切东西的时候，同时也促成另外一些东西的诞生。这是一种方生方死的思想。本来黑洞是吞灭一切，黑洞一旦形成，周边的所有星球都被吸到它里面去了，我们不知道我们什么时候会被吸到这个深渊里面。这令人恐惧。现在黑洞被霍金更新为灰洞了，就是在被吞灭的时候，又可能诞生新东西。反正我觉得，霍金的脑子挺伟大的，他自己发明了关于空间的一个思想，宇宙大爆炸、黑洞等等。黑洞是吞噬，意味着一种终结，但他又把它推向了灰洞。他自己承认，空间还有很多未知之物。

耿占春: 对我这个达不到科普知识程度的人来说，好像霍金、爱因斯坦的学说都很神秘莫测。他那些概念我是无法在知识上去理解的，但是会带给我们一些想象。甚至有时候他也可以成为我们思考的一个比喻，启发我们的一种理解力和想象力，看看这方面的文章或者听听别人的谈话，不是为了弄懂这个知识，对我这是永远没可能的，但是可以给我们思考别的问题，日常生活，社会历史，或者说诗歌提供一些非常不同的参数，这是它的意义所在，对我来说。

树才: 对我来说，可能那个意义的参数，主要就是对未知的兴趣。实际上，他是在给我们解释未知，命名未知。他自己把黑洞理论修改成灰洞理论的时候，我就感觉到，一个科学家，实际上他深知，他自己的已知也是向着未知，而由于在未知里面又多知道了那么一点，所以他修改自己原来的思想模型。这个未知，更多是发生在空间，因为我们生活在时间里面，诗歌更多的是一个时间的产物，但向着空间上升。霍金还给我一个震惊的印象，就是我看过视频，他坐在轮椅上生活，发邮件，我发现他完全进入了一种高科技生活，一种超级的高科技生活。如果离开那个特别的轮椅和那些技术配备，实际上他是不能像我们正常人那样生存的，有了这些高科技，尽管他不能自由行走，自如说话，但他大脑的整个运转，他大脑的思考却得到了保证。最聪明的这个人，也是最依赖高科技的那个人。这是一个技术和智慧的悖论。我很震惊，就他的生活方式来说，可能全世界只有他一个人是这么生活的。

宋琳: 科学和诗歌，好像是两个完全不同的领域，似乎很遥远，但我觉得有一点可以把科学和诗歌关联起来，那就是想象力。讲到霍金科学方面的贡献，也许我们作为诗人、批评家很难去评估，但是至少我们可以从它的一些科学描述中获得感性的知识。比如说霍金的《时间简史》就关涉神学的这么一个问题，他说时间相当于我们地球的北极南极，它有一个起始，有一个终点，但是时间不是一个线性的东西，是放射性的，有质量的，在某种宇宙空间中引力的作用等会使空间弯曲。就时空对应性来说，空间的弯曲导致时间的矢量、时间的速度都发生了大变化。我记得有人问爱因斯坦什么是相对论，他举了个例子，你坐在火炉边和坐在恋人身边的感受。坐在火炉边，比如我们这个时候若坐在一个火炉边，热死了，感到时间过得很慢，但是你坐在你亲爱的人身边的时候，时间感受就完全不一样了，这就是所谓相对。我觉得诗歌在这一点上其实有很多对应性的东西，虽然你刚才讲到这个修正就是科学，胡适先生当年接受杜威的理论并将其引进到中国来，我们一般都说是一个实验的精神，所以他的第一部诗集叫《尝试集》，实际上就是杜威讲的实验性。而科学的基本精神就是实验的精神，试错的精神。海德格尔讲过“运伟大之思者，必行伟大之迷途”。霍金后来修正自己的宇宙模型，他说如果我这个宇宙模型成立，那么上帝的位置在哪里？上帝将没有他的位置。若干年后他重新思考这个问题，他一定程度上修正了自己的宇宙模型，神学进入了他的后期思考。我不太知道树才讲的灰洞学说。但是我听说有一种暗物质的存在，反物质的存在，这个可能跟霍金后来对自己的纠正有关。那么对于一个诗人来讲，我们的写作，比如从早期少作到青春时期的写作，中年写作或者晚期风格写作，是不是这里面也有某种从“看山是山”，“看山不是山”再回到“看山是山”这么一个变化？

树才: 你刚才讲到科学要实验，要尝试，然后胡适1917年就出版了诗集《尝试集》，现在我们就以他这本诗集作为我们新诗的起点。实际上，新诗就是科学精神改造下的语言和想象力的一个尝试结果。

耿占春: 从霍金逝世谈到这个认知方面的问题，尤其谈到未知，认知和未知的关系。再回到诗歌这个话题上，虽然我们圈子绕得有点大，但是它还真挺有意思。对我们来说，对于写作或者思考来说，真正未知的不仅包括那个已经存在曾经存在的东西我们不知道，比如说大理的文献楼到底烧掉了多少文献，这些文献还有没有可能存在，它本来是什么样子，或者说白族话我们也不懂，这是一种对于已经存在的东西的未知。但还有一种就是刚才树才所说的这个话题，它不仅是对存在着的东西的未知，而且是作为一种将可能存在的东西的未知，它通过我们的意识、观念和情感的发动才能发生，使它存在。这就跟诗学问题关系更密切了。就像用白话写诗的尝试，在历史上虽然有那么一点偏白话的诗歌，比如较为口语化的白居易，或刘禹锡之后取法民歌的竹枝词，或更晚近一点的黄遵宪的新派诗试验。但总的来说作为白话写作的诗歌，并没有形成一种二十世纪初之后的格局，也没有白话诗日益接近文体意义的这样一种稳定的诗学风格。在《尝试集》的试验阶段，到底白话诗会写成什么样，大家也不知道。那么人们也并不是完全盲目的，诗人开始抛弃了风格稳定的古典汉语及其审美范式，是因为这种审美范式背后的社会世界的秩序已经发生了改变或将要发生剧变。白话诗的开始就像一种悖论，用日常生活的语言来表达出富于诗意的东西，用一种非诗的事物来表达诗意的东西，显然是一种试着让还没有存在的东西，通过我们的认知，通过一种探索性的认知，通过我们的感知意志情感去使它发生。可能这既跟认识论有关，又跟对未知的探索有很大关系。诗学可能在这一点上跟科学的认知方式有点接近，虽然是两套完全不同的语言。

树才：宋琳刚才讲到的另一个关键词是想象力，诗歌主要是一个想象力的工作，当然它要抓住个体的生命存在，它是一个时间的状态，一个生命一定是存在在时间里的。你们比我年长，这个事实本身是一个时间的结果。想象力看上去是在空间发生，实际上它需要一个物质形态作为想象的起点。除了个体的人，生命存在，还有一个语言的存在，语言我们把它理解成汉语也好，法语也好，英语也好，语言的符号构成是物质的，时间也是物质的，我们的身体是物质的，想象力恰恰把这些东西勾连起来，一方面处理我们时间里活生生的生命经验，场景这些东西经过我们的理解变成一个隐喻的世界，另一方面是对未知的东西的反应，是理智对未知的一种认知，一种命名的努力。我觉得，想象力是通过时间触发我的。我记得在我的写作里，每当生日那一天，我一定会写一首诗。当然不是生日的时候，我也写诗，但是生日那一天，我对时间更加敏感，那一天我感觉到时间是需要我留下痕迹的，对我来说留下痕迹的最好方式就是写一首诗。我发现每年生日那一天都留下了诗，有的诗题干脆就叫《生日》。从某种角度来讲，诗也不光是语言本身的想象力。占春老大哥刚才讲到，实际上人有他的社会知识、历史知识，还有他的空间知识，他的想象力可以在每一个知识层面上照见知识的欠缺和不足，然后在那里起飞，变成一个别的东西。诗歌把想象力当作自己的不二法门，也是它不会穷尽自己的一种证明。我相信诗歌是不会穷尽自己的。以前有一阵子曾经觉得，有李白、杜甫了，我们还写什么？这个想法实际上是缺乏想象力的。李白、杜甫完成他们在那个时空里的诗歌想象力，但时间在滑动，空间也在变化，尤其是生命在时间里不断被赋予新的可能性，所以，已经被想象过的东西，我们每一个人实际上需要在诗歌里面再想象一次，想象的时候就需要一种新的命名，新的语言就是这么诞生的。用白话入诗，实际上就是对抛掉五七言这样一种诗体形态，进入一个社会现代化、观念呼应世界潮流、诞生一个新的诗歌语言身体的想象。这些都有赖于想象力。现代诗歌现在之所以给人比较疲乏的感觉，我觉得可能是因为想象力受阻。我不知道原因究竟何在。

宋琳: 我也不知道。但是关于想象——当然这是跟诗歌关联最密切的一个词，同时还有情感、经验（尤其来自里尔克的启发）。经验，把日常经历到的，在心灵留下创伤或幸福的种种体验转换成文字，当然这是诗人的工作。但我觉得现实主义者可能也很强调经验。现代诗歌以想象力作为发动机，这点极其重要。你刚才讲对想象的再想象，就是古人曾经想象过这个世界，我们现代人要进行再想象。说到未知，你提到的未知，就是对已经发生过的文明，那些失去的，或者在日常生活中不可见的部分，作为遗产的部分，考古学意义上那么一种看不见的实体，跟我们有一种关系。我们如果没有对它们拥有一定的知识的话，那它们就是未知，所以未知并不完全指向未来维度，它也可以指向过去。那么这些都是需要想象力的，其实想象和科学之间有一个逻辑关系，想象自身是有逻辑性的。所以我讲诗人们的知识结构，一定需要找到一个想象的逻辑的这么一种启动，怎么样重新启动这关涉到时间性。如果说有一个物理性的时间，那么还有另外一种非物理性的时间，似乎物理性的时间是决定性的，对我们短暂的人生来讲，似乎是绝对性的。因为关于宇宙，我们知道古人有非凡的想象力，比如“思出天外”“晨钟云外湿”这么一些言说是不是悖谬的？但是它有一种想象逻辑在。同时，诗歌还要直指人心，即在我们的内心世界里寻找到跟宇宙的对应点以及某种差异性。这个时候怎样认识就关涉个体的时间。上回跟占春兄还有几个批评家一起，请北岛来大理，我们涉及了一点点。正好我在读阿甘本《剩余的时间》这本书，其实也跟今天从霍金联想到时间的开始和结束这些话题，我觉得是有一定关系的。古人在时间问题上的思考，对宇宙的想象，比如《易经》里面的记载：“天行健，君子以自强不息”，就是以宇宙作为我们学习和模拟的一种对象，通过对宇宙的观察，获得某种人建立他自身世界的启示。那么怎么样自强不息？这个词是流传很广的，中学生都懂得了。其实还有更深的一层，比如讲到“时中”这个概念，又比如“几”这个概念，这个“几”通机会的机，“几者，动之微，吉之先见者也”，《周易・系辞》所以讲“见几而作”，我觉得是很关键的一个词。回到诗歌，比如说系年、时代，并不是以三十年为一代，基本上可能五年就成一代。互联网时代以后也许还更快了，那么时间的度量也在发生着变化。怎么样获得一种对个体而言“剩余的时间”的审察，然后寻找到诗歌的新途径，一个变化之道，我觉得在这方面还可以展开一些思考。

树才：一说到经验，我想问占春老大哥，经验在诗歌的创作里面，真的是指可以反复使用的一种东西吗？就是说诗歌经验是否有着它的反复使用性？

耿占春：好的，我试着把这个话题跟刚才你谈到的时间、时间的想象连在一起，考虑一下。其实经验世界通常跟时间的属性很相似，对我们生活的经验世界来说，一个是我们每天都过着一次性的生活，体验着这生活的一次性、偶然性。另外，其实生活的很多基本模式，又是在一个重复性的结构里进行。今天早上起来，这个今天是特殊的，不可重复的，阳光照着或者阴天下雨，但你每天早上起来要刷牙洗漱，这就是重复性的经验，也跟其他重要的经验一样具有重复性。它既有一次性发生，又有结构性的重复。时间的感受也一样，宋琳兄刚才讲到时间的这个问题。时间也有两种基本模式，一种是个人生命体验着的，是线性的矢量的时间；还有一种从宇宙论的及群体的生存来说，一种轮回的时间，自然世界中似乎有一个轮回的时间。比如每年的樱花开了，春天来了，它是一个轮回的时间，时间不断地返回到它的起源、诞生的那个时刻。个体生命的感知永远是在线性的流逝中。自然界重复的时间对个体来说，它带有一种幻觉的特征。其实你的生命是不可能重复的，在线性时间里的认知、心情、生命本身的感受都很不一样。但是我们确实同时经历着一个像个人在日常生活中经验的这种一次性和重复性的结构，跟时间的这种线性流逝和它的不断地返回一个起源相似。如果说这也是一种时间经验的话，这种经验的模式会被从个人感知过渡到人类生活或者一个社群生活中去。比如一个社群，一种社会生活总愿意不断地重新制造一些时间的开端。比如过年，年节就是通过给时间一个节奏，给时间一个可重复的仪式，或一套仪式，使时间得以回到它的源头，这也是人类的一个非常智慧的发明，这伴随着欢乐的节庆创造了时间的返回。在政治上，在历史层面上，还有复古或革命也是要回到一个时间的起点，或让时间成为一个开端。希望这个世界回到原点，或来到一个开端，就是把衰老的东西抛弃掉，复活人们的新的创造力，这个冲动应该说体现着时间的一次性和重复性的结构，是吧？一去不回的流逝，跟这个不断地返回起源，构成了我们的经验模式。那么这个模式你说他是感受呢，还是概念呢？是想象呢，还是感知呢？我觉得这是一个混合的感知、想象型的认知，对吧？

树才: 我觉得更多的是灵感。具体到我自己的诗歌写作，我特别重视这个，你所说的时间里一次性的经验，我把它理解为时间，是我身体切实经历到的，是我的感官的身体。首先是感官，眼睛看，鼻子闻，耳朵听，包括情感的喜悦、悲伤，一次性的经验。它是我的诗歌写作所需要的，我被它一次性发生的现场感所触动。但是，我又困惑于这个感觉无法被现场记录。感觉，当你意识到你在感觉的时候，感觉已经不在了，逃逸了。所以，我有时候又把诗歌理解为是我认知我的感觉。我想返回感觉现场，但现场感觉是一次性的。诗歌就是做这个努力，方法是隐喻。现在我不太想满足于这个一次性。这个一次性是我诗歌的写作常态，有时也满足于今天我就感觉到这一点，我就写这一点了。我把它称为感官的看，来自我的目光。我把它称之为目光之诗，在我诗里占了很大一部分，就是记录感觉的一次性，通过语言做现象的还原。一次性的东西有时会迷惑人，让人觉得它是新的，但是放到一个结构性的轮回里面，它实际上又是旧的，所以我渴望某种超越。这一部分的诗，我不得不把它放到形式上来做，我把它称之为心灵之诗、灵魂之诗。可以说，在我30多年的诗歌写作里面，首先是对身体的感觉，感官经验被触动，我去写作，在词语使用中寻找一种见证和隐喻的乐趣，但我现在的困惑是，怎样把它拓宽到空间上去，通过某种超越，让目光之诗上升为一种心灵之诗，一种灵魂之诗。这是我问你这个问题的原因。我觉得经验是对诗歌的历史描述，即使你在诗歌写作中积累了极其丰富的经验，你写下一首诗的时候，你仍然是无知的。

耿占春: 对，因为他是要去抓住那些瞬间的东西，但是这个瞬间的东西确实跟刚才我们谈到那个重复性的结构有关，诗企图抓住的感受可能是瞬间体验，而这些经验是非常复杂的。描述一种经验的难处，不在于描述这个经验本身，有时候是它的意义取决于为这个经验描述提供一个什么样的意义参照框架，为经验提供一套什么样的参数，我觉得正是这个参照系或参照框架使得经验得以发生有意义的转换。

树才: 经验被处理的这个过程，是我们写不出来的。经验被处理以后，我们可以称之为上升，也可以称之为下降。上升或下降，都是把它变成火柴，在火炉里要燃烧起来，噼啪作响。这个过程本身是一首诗。

宋琳: 关于一次性，我跟占春一样也迅速联想到瞬间性。那么一次性也是充满悖论的，但很有意思。为什么会对一次性着迷？古希腊人赫拉克利特早就说过“人不能两次跨进同一条河流”，因为河流在变。但是德国的一个谚语却说：“只发生过一次的事情就等于没有发生。”你看这两个正好是对立的，这个对立，也反映了一个芝诺式悖论：阿基里斯永远追不上乌龟。飞毛腿追不上爬行很慢的乌龟，这是典型的芝诺式悖论。赫拉克利特同时令我着迷，他也关注到人对时间的感受。在诗歌写作经验里面我觉得它是很有意思的，比如这个一次性。我想瓦雷里作为一个诗人，同时也是一个思想家，他说过“我试图跟思想家对话”，就是说作为诗人对形而上思考有一种浓烈的兴趣，在他身上体现得比较充分。所以他说诗歌写作，“第一行是上帝给的”，也就是第一行是听来的。联系里尔克所谓“倾听力量”，第一行就是被唤起的一种倾听力量，来自上帝的一个声音，或者是来自我们中国人喜欢说的天籁之音，启动了这首诗，可能是一次性的或者唯一的、不可重复的。但是剩下来作为一个肉体之躯要去做的，同时作为一个语言专家要去完成的，我觉得只能是甘苦自知，一言难尽。古人有一些比较浅显的说法，比如“情与景会”“思与境偕”，一次深刻的体验，但在某个时间段并没有写成一首诗，也许过了若干时间以后，忽然那个东西自己长起来了。一个美国诗人说一首诗写了半拉子放抽屉里，第二天发现它自己完成了。可能是记忆的一种作用，记忆存储了一些原初经验，然后某一天我们就会自动进入。这个情与景，它经常不是同步的，所以寄望情和景的神会、冥合；思与境有时候也不是同步的，所以要通过工作达到跟它的偕行，这是同步性的关键。关于诗歌以及文本之外的，比如同代人概念，我自己很感兴趣，我们刚才讲到的也涉及古典性和现代性这个问题，那么由一次性到同步性应该在哪个层面上去能够把它说得清楚一点?

树才: 我有时也把那个东西转化成为当下的自发性和后来的自觉性之间的一个关系。这是到目前为止我最重视的一个诗歌经验，关于一首诗的发生的经验。但是不管多么有经验，我仍然对写作经验持怀疑态度，就是说我最在乎的，实际上是诗歌能够不为我所认识，就能开始。有时候我是看，有时候我是听，我总能被一个感觉的东西触发，抓准生活时间中的一些细节，然后一首诗就会自然发生。我有很多诗，实际上是从日记的句子蔓延过来的。随时随地，我都写下一些东西，但我对诗仍是无知的。我不知道诗为何物。我每次都是试着写一首诗，写的时候，我不知道它能不能成为一首诗。我是在这个层面上思考诗歌，我觉得这个自发性，它考验一个人对语言的即时反应状态，这是一种质朴的状态，我非常重视。我刚才说的这种瞬间的感觉经验和隐喻向精神或灵魂的上升，实际上就是我对当代诗歌的观察。当然，我的大部分诗歌是目光之诗，但现在我觉得这种目光之诗，日常生活之诗，街道的细节之诗，有时会把人的灵魂出场给阻挡了，挡在了水泥墙的后头。我感到遗憾的是，人们居然满足于那样的目光之诗，似乎对所看的描述，就是真的还原现场，其实不是。你对你自己所看的东西的描述，实际上不是对你的感觉的锁定，你只是对它进行了一种再叙述。所以我渴望对它做一种再造，一种变形，一种像搅拌机似的那种搅拌，通过这个过程，让它上升到精神空间。否则那些因时间而生的细节，会被时间的汗毛孔堵住，然后死在那里。上升到精神空间的愿望，实际上也是想象。想象很重要，但同时我又觉得，想象始终处于某种匮乏状态。如今，人们对诗可以是心灵的、可以是灵魂的这样一种愿望，缺乏一种想象的热情。

耿占春: 树才所说的“目光之诗”或“日常生活之诗”，或许跟宋琳兄所提出的“古典性与现代性”这个话题有关，从胡适《文学改良刍议》和陈独秀的文学革命论以来，百年间的白话诗，新诗或现代诗所致力的一种改变，在某种意义上或许就是建构一种日常生活之诗，按胡适的说法就是从士大夫的山林文学转向社会文学。我们是不是可以说，诗歌的古典性更多地回应着心与物的关系，是人的内心与自然事物之间的“感和应”的问题。而诗歌的现代性则要求回应人与社会、与日常生活的关系，并将其塑造为诗学的空间。这意味着要从传统的，应物而起的那种兴发的诗意，就是从回应事物、回应自然界的那样一种敏感性，转移至回应外部世界、回应社会世界持续变化着的各种感受。从古典的情和景、思和境那样一种人与自然的关系中转过来，转换到人与社会的境遇之中。古典的，思和境、情和景的内涵发生了扩展，它不仅是那个自然之景，它可能包含了更多的社会的历史的情和境。现代感性一如既往地专注于内心的“感和应”的问题，但将焦点转移至个人生活和社会生活的领域。诗歌的古典性似乎是一个敏感的孤独的相对封闭的内心，向万物向宇宙开放，他的沟通发生在内心与神秘的自然宇宙之间，但通常会忽略了和他平行的社会世界的存在，当然也有像杜甫这样伟大的例外。总的来说，诗歌的现代感性是希望能够把那个目光从自然和人的关系中，转移到社会的场景、历史的场景，即使是在人的无意识之中，它关注的焦点依然可能是社会历史的场景。这是现代诗兴起的一个深刻动机，因为那一代人都特别关注社会革命，关注社会历史的发展。但时至今日，问题也存在于这里，很多诗也在书写社会生活或日常生活，而这些“细节之诗”确实又不让我们感到满足，可能因为这种“目光之诗”的书写容易变得狭隘，把宇宙的或看不见的历史维度排除在视觉之外，这个目光只是盯住可见的世界，但实际上可见世界背后的那个驱动，使它发生的那个力量很可能是不可直观的。所以如果不能同时把那个不可见的力量表现出来，就会让我们感觉它比较浅，比较破碎，很难提供一种更复杂的感受，或提供一种心智上的满足感。再次回到我们刚才对时间的感受上来说，经验的描述与阐释需要一种悖论式的意识。表达日常生活的新闻叙述就是这样，它通常让我们觉得事情的发生是一次性的，但实际上很多新闻事件又是历史故事的重演。我们经常在新闻里面看的冲突，它可能已经冲突几十年或上千年了。它每天都是新闻，但其实它是一个故事的重演，甚至是一个神话故事，就是这样。如同时间体验，经验的一次性和结构性的重复，线性和并置。说些题外话，就像我第一次在冬季来到大理的时间感知，大理的时钟是好多个，大理的事物受到很多时间的支配，每一个时钟都上紧了自己的发条，按照自己的轨迹运转，不是所有的事物遵循统一的时序，这种树枝光秃秃的，但在它旁边就盛开着一些花。这么热的光就像夏天，但看苍山积雪，又是冬天，似乎它不受统一的时间意志的支配，这儿让你有一种自由感。这个自由感不是别的，它是一种多元的意志，好像每一种事物的存在都可以按照自己的意志去生活。

宋琳: 从自然生态学过渡到诗歌生态学。在大理这个独特的地理位置，这个地点，这个小气候中我们感受很深，确实是这样。那么讲到日常性和诗歌的关联，新文化运动以来，胡适是作为先驱，为什么会有现代语言的这种诗歌样式存在？它有必要性。现代性的问题就是在场。现代性可以在我们这个古老的诗歌国度在场，虽然我们滞后，曾经缺席，在场就是时代本身提供的一个机缘。诗人作为先知先觉的一种人，比较早领悟到了在场的紧迫性，成为开启时代之先锋。一百年过去了，诗歌的一些问题，当年白话文学这一派，以胡适先生为代表的，曾经和学衡派之间有至少十年的争论，到现在为止这个争论也许还没有终止，是这样，还可以重新开始，我觉得。我对写作的现状不满意，阅读一些诗人作品时有一种不满，或许因为诗人作为主体未确立，缺少丰富性。对，浅薄而俗，实际上主体没有在场，这是一个很大的诗学问题。诗人怎么在诗歌中在场？诗歌既有感官性，又有心灵的作用。谈感官性或许可以延伸到社会景观的变化对诗人感受力提出的要求。王夫之非常推崇杜甫的诗歌。简单化地认为杜甫是现实主义的代表，李白是浪漫主义的代表，完全是把他们简单化、标签化了。王夫之曾说：“目力所见乃铁门限。”就是说诗人的感受，比如刚才占春所讲，我们观察到的自然景观也好，社会景观也好，日常起居中间的点滴，怎么样对待？应该看到所谓“近取诸身，远取诸物”这个道理还是在的。但问题在于如果只陷在素材里面，那么就只能去处理景观，不管是自然景观、社会景观还是日常景观，他就不能够处理深度，就不能把诗歌提升到一种境界。我忘了谁说的，“景字在浅人眼底，境字在深人眼底”。

树才：作为一个现代诗人，现在社会上很复杂，但诗人的本性非常天真，他写每一首诗，听见也好，看见也好，用隐喻变形也好，不管再短再小，形式再散文化，最终这首诗必须具备一首诗的语言和灵魂品质。它是内容复杂的一种丰富性，它必须经过诗人心理、心灵、情感、灵魂的某种淘洗和搅拌。那种变形使语言再生成为一个新的东西。包括语言本身的欢愉。怎么呈现丰富性？我也试图直接描述一个如其所是的场景，做一种诗歌的现象学的还原，但每一次我都沮丧，因为失败。一些朴素句子变成一首诗，语言让它处理的对象变成了别的东西。这正是隐喻的一个本质性的内涵，就是说我们只需要表面的那一层。这涉及一个被后现代主义者所批评、所抛弃的深度模式。

耿占春: 表层模式和深度模式，更像是一种比喻。是不是我们把视觉模式视为表层模式，把意识模式视为深层模式？但这并不意味着说意识一定比视觉更深刻。深度取决于事情本身还是阐释它的话语方式？说新闻事件是一个最表层的叙述，因为它没有结构，没有连续性，很多东西都是瞬间发生，然后堆积在一起，它们之间没有逻辑，这是一个表层模式。但是在十九世纪马拉美就说过，报纸是一首隐形的诗，报纸是一首象征主义的诗歌。因为什么呢？它是所有事物的表象的并列。我在引用马拉美这句话的那一天，把那天报纸上的东西罗列了一下。南亚某个小王国发生政变，法网比赛，伊斯兰世界一次汽车炸弹，其他还有娱乐新闻、广告，还有各种政治宣传。这些东西跟大理的自然景观一样，产生了一种非时间性的并置。但是怀着原教旨主义的意志去毁灭对方的清真寺，这个人的内在世界一定没有生活在法网比赛的娱乐时代。商业广告、娱乐时尚和政治宣传也不是处在同一个历史时间。但所有事情的发生的表层有一个模式，就是它同时存在，都是“今天”这一新闻时刻发生的。而实际上每一件事件都有自己的意志，都有自己的历史时间断层，绝不纳入统一性的时间模式。这到底是好事坏事，不知道，但是作为一个时间深度模式的话，你会发现它首先存在于这个新闻时刻这个表层模式之中，所有的事情都堆积在一起。但是如果按深层模式来说，每一个事件、每一个人、每一个集团都在按照自己的意志，坚定不移地把自己安置在历史的某个时刻，绝不想进入统一性的时间。或许这就是世界多样、丰富而又相互冲突的原因。而问题还在于，没有什么科学的话语能够同时处理这些没有连续性的经验，处在不同历史断层的经验，政治分析不能，经济分析也不能。它们都不能放在一个框子里谈。能够得到话语越界授权的可能就是诗歌书写，诗歌似乎可以像新闻的表层结构一样去处理它，将一切加以并置；也有可能给它一个深度模式。在当代，朗西埃把大量事件事物的并置视为一种象征主义。这一阐释让新闻并置现象成为一种“深度模式”。这个深度模式应该是从表层模式发生，它不是生造的一个深度模式。这应该是一个比较有趣的话题。

树才: 这几年我常跟孩子们接触，他们小的只有六七岁，最大也就十一岁左右。很多孩子从来没接触过现代诗。我跟他们相处时发现，他们的现代汉语的潜能，很自由，很天真，天生适合写现代诗。那年大理亚洲青年艺术节，我把占春老大哥都动员了起来，还有谭畅、陈太胜、野夫。你们也体会到了，只要稍加触发，就可以帮孩子“发生”一首诗。而现在成年诗人书写的种种，只是对表层的描摹，甚至连表层都没有达到，因为没有足够单纯、足够精确的语言去写所见、所看、所闻，更不用说所思、所悟了！当代诗歌，我看到，有一种不真诚，不诚实，对自己的目光，对自己的心灵。人们被写作的一个潮流性的东西所带动，满足于表层，把诗歌书写变成了很容易的一种发泄。而这些孩子的书写，却是如此透明，如此有在场感，他们语言的感觉性是那么好。我发现，孩子们虽然只写了很简单的一个东西，但他们在语言里面已经把它转化成我期待的那个诗的境界，所以我觉得，简单的东西，如果真的达到了，就是胡塞尔意义上的现象学的还原，它本身已经是深度的，表现和深度实际上可以同时实现。而当代诗歌满足于一种潮流式的相似，没有表达足够的真实，真实感的欠缺背后，就是不够真诚，不够诚实。孩子们的诗，看着非常简单，没有深度，但他们在语言上达到的东西，非常丰富，也相当深刻。他们写出了那个感觉，足够准确，同时诗句又变成隐喻，上升到精神的空间，也就是我所说的心灵的空间。当代生活里，有一种语言的污浊，造成诗歌里的一种堵塞。我怀疑，这是不是由于现代社会的物性压迫，以及我们对诗歌有用性的政治要求。物质社会是一个工具社会。通过技术，一方面我们离不开它，同时我们又希望能主宰它，最终是它主宰我们，整个社会生活正在趋向某种物质化。优秀的脑袋知道，诗是无用之大用，这是一种很辩证的认知。我厌恶的那种写作，它的引诱就是让诗歌满足于一个很浅的有用性。语言上的腐败是各种各样的，其实腐败就是滥用，就是得到益处，就是损害别人，就是以不诚实的方式动用语言，它就必然腐败。这种腐败形式在诗歌写作里面，就是把诗歌变成有用。我们对语言的认知，主要还是把语言当成了一个有用的工具。诗歌折射我们整个的意识形态，也暴露语言自身的腐败问题。如果中国诗人不能从有用上去超越，也就无法从根本上让诗同它的语言本体活在一起。

耿占春: 翻白眼就是对语言腐败的一个白眼。

树才: 它是一个无声的隐喻。

耿占春: 那个白眼其实可以写成一首诗或是一个短文，就是当你不能或者不适合发表看法的时候，回到原始的“看法”，白眼就是一种“看法”。

宋琳: 就像阮籍著名的青白眼，我在《阮籍来信》诗里面就谈到了青白眼，对某些事物还以白眼，对另外一些以青眼，你看这就是一种诗人的态度。诗人要有态度。

潘洗尘:也可以和当下更近一点，往当下靠近一点，比如说2017年和2018年这两年，批评界实际上曾经出现过两篇应该说比较重要，但是还没有引起足够重视的文章，就是批评家敬文东关于西川和欧阳江河的两篇文章，我不知道你们看没看过？特别想听听三位对敬文东的这两篇文章的看法。

树才: 文东看待问题，有一种锐利；谈问题的时候，有一种胆略。文东这样的文章提示我们去思考，因为我们都是在朦胧诗这样一个浪潮里生长起来的。这个文章是他对现实的一个质疑：朦胧诗之后，诗歌生态发生了什么样的变化？当然，他个人对这两个诗人，不管提出什么样的批评意见，也许都只构成我们看问题的一个出发点。

耿占春：敬文东的文章，我大致看了，这个长文是《词语之诗》对吧，讨论西川的文章还没有看。敬文东是一个非常严肃的批评家，不轻易吹捧人，也不会故意说什么不好，所以这个文章应该受到批评界或诗歌界的认真阅读。我个人比较认同敬文东的看法。欧阳江河、西川，都是20世纪80年代到90年代以来最优秀的诗人，他们都有非常好的作品，这是敬文东也承认的，而且有的时候还开风气之先，这个都没有问题。可能问题就发生在他们对已形成稳定风格的诗歌写作不满意的时候，包括他们自己被称道的作品，他们都想有所改观，而且是美学范式上的转换。这有点像萨伊德使用“晚期风格”这个概念企图表达的新的艺术动机使然。在中国20世纪70年代以前，那一代诗人多半是没有晚期写作的，大多是青春期写作。小说家和诗人，大多是这种情况。那么欧阳江河和西川可能会对这样一种青春期写作的模式不满意，哪怕曾经非常成功，哪怕有很多读者，那么他也愿意抛弃这种东西去寻找一种陌生的，对他们自己来说可能处在未知状态的写作，强烈的、非确定性的艺术动机超越了对好作品的关心，我觉得他们的写作里有这样一个雄心在里面。但就欧阳江河获得较高评价的作品而言，确实让人感觉到敬文东所指出的问题所在。《凤凰》一诗确实力图展现时代景观，但这个时代最深切的痛感、最困扰人心的经验没有得到表达，跟这个经济崛起、跟这种势头更匹配的是一种语言的狂欢。在宏伟的经济景观和大数据后面，不同的个人和群体如何感受着这个时代？在经济的大数据后面隐藏着的狂欢之外还有伤痛性的经验。清晰的统计数据后面，一定省略了混沌喧哗的社会生活图像。就是这样，生产总值抹去了原始场景，支持了现代性与反现代性之类的论述。学术规范、干净、抽象，只愿意建立在生产总值上。过度迷恋于数据性庞大和景观性的崇高，而忽略了它们后面个人的命运，就会在认知、感知和想象上出问题。说实话如果有志于雄心勃勃地去处理我们当下的时代经验，而又不能触及这个时代之伤痛，不触及令人感到困扰、痛苦或者是焦虑的经验，或者，不能对这些经验进行诗学的转换，艺术动机和作品之间的距离就会变得不可思议。从这个意义上说，敬文东所批评的“词语之诗”可能就会显得过于陶醉于语言。

树才: 这恰恰是语言看上去编织得非常精彩。

耿占春:能力非常的强。

树才: 诗歌作为诗性，它在衰退，甚至是严重的衰退。我有时候自我质问你用到的“伤痛”一词。我们这个时代是有伤痛的时代。掀开我们的衬衫，我们都能看到自己肋间留下的看得见或看不见的伤疤，就是在每一个人身上发生的悲剧，都和这个时代相关。至少在他们的写作里面，我认为他们变成了一种回避性的写作。这种回避伤痛，不是他们没有感受到，他们一定感受到了伤痛，因为他们敏感，我觉得他们是在策略上回避这种伤痛。他们躲到一种更有利于他们已经得到的诗歌价值、诗歌名声的策略背后，这是一种策略性的写作。《凤凰》实际上是对艺术家的作品的一个想象性的建构。他们有文化自觉，但生命感觉才是第一手资料，同生命感觉相比，文化背景总是属于第二位。我觉得，更尖锐的问题也许是，他们凭着自己的探索获得了名声，但在这个时代的复杂性里面，他们采用了一个策略，就是我刚才所说的，诗歌在诗人的“事业”里蜕变成了一种有用的东西，而不是给生命带来新的摩擦、新的困难、新的挑战的东西。文东对诗歌提出了更真实、更诚实这样一种期待，而在两位达到盛名的诗人里，他不仅没有看到，而且极为失望。词语本身，它是物质。词语是物，不管你构造得多么精美，都是物性的。这也是法国当代诗歌的一个弱项，诗人们陷入了词语之诗。词语之诗，恰恰因为个性的不在场，对伤痛的一种无力反应。它变成了一种物质体，一种庞大的物质体，废墟般的物质体，很吓唬人，但人们在那里感觉不到生命直接的东西。我想这是他们的困境，也是我们每一个诗人的困境。文东把这个问题提出来了。这个时代从某种角度是把诗人变成脆弱者、懦弱者的一个时代。勇敢者是稀少的，做勇敢者意味着付出代价，而他们不愿付出这个代价，所以采取了这样一种策略。我觉得，即便在欢快的意义上，每一首诗也是一个或大或小的悲剧，它应该触及心灵的世界，它是语言和心灵的相遇，也是隐喻意义上的一个悲剧。朦胧诗是从被压抑的状态，最后变成了一种相对主流的状态。文东的质疑，也许是针对我们整个汉语诗歌，针对那些被反复肯定的诗人：他们究竟写了什么？他们的诗和生命究竟有什么样的关联？他们通过语言究竟偏离了还是凸现了他们的内心？……朦胧诗一代人的勇敢，首先是一种精神上的勇敢，然后才体现为词语运用上的技艺。

耿占春: 他表达了他们那样一代人在那个历史时刻的感受，真实的感受和思考，这个至少是非常需要勇气的。不仅是一种诗歌技艺上的问题。语言的这种快乐修辞的快乐，应该是建立在由于语言可说的方式被击碎，受到沉默的折磨和挑战之后重新出现的东西，而不是绕过了这个难言之物，绕过了伤痛经验的语言的欢悦。

宋琳: 希尼有篇文章叫《进入文字的情感》，这篇文章谈的是文本与情感的关系。而罗兰·巴特的《文本的欢愉》等著作翻译成中文以来，对诗人们的影响恐怕一定程度上有它的负面性。比如强调文本的欢愉，强调不及物，认为诗歌作为一种语言的艺术是不及物的，诗这个动词是不及物的，曾经也对我构成很大的吸引。我早先读《结构主义——从莫斯科到布拉格到巴黎》，对语言的自足性的那么一种发现很感兴趣，包括新批评等等。就是说不关注主体，只关注文本的文本主义理论在中国一度非常流行。像欧阳江河、西川都是读书多的诗人，他们对这些都是了解的。针对他们自身的写作，敬文东选择他们两人作为个案来研究，这个选择本身就体现了一个批评家的勇气。不管这么说，我想起鲁迅曾经提出“不和众器”。一个批评家，不管是文化意义上的，还是诗歌文本意义上的真正的批评家都是不和众器。“天下誉之而不加劝”。文东的这个工作就是不加劝，我是这么看的：成一家之言。我认为这个是完全成立的，他梳理了这两位诗人的写作的始终。关于西川那篇我还没时间读，我倒是把欧阳江河这篇粗粗通读了一遍，我觉得敬文东写得很认真。刚才树才讲到真诚性，关于修辞和诗人的伦理态度之间的关系，《易传》说“修辞立其诚”，已经给修辞和伦理的关系建立了一种原则。我想如果一种语言到了炫技的程度，是否意味着这种语言也将要衰竭？一个诗人经过多年的书写，可以在个人风格上不断重复，不断进行下去。你从青春期到中年，到晚年，总在寻求着某种突破，但是有时是心向往之而力不能至。所以这里存在着江郎才尽这样一种危机。那么敬文东的这个研究，我认为有一种警示性，尤其对已经负有盛名的一些诗人，对他们的写作提出某种个人的批评，不仅对他有警示性，而且对别的诗人也同样有警示性，因为我们毕竟是同代人。讲到修辞，我想一个诗人建立个人的修辞那是风格的体现，但是真正了不起的诗人，是在不断逃避自己的风格化，就是固化，尤其是逃避一种语言幽闭症的惯性。如果读者进入不了你的文本，是读者鉴赏力的问题，还是因为你设置的修辞障碍？在这个时候，我觉得比喻性地说，也许修辞是一种灾难，从本体意义上来讲，修辞是一种灾难。那么还是回到了古老的修辞立其诚的命题，如何真诚面对自己这个时代？诗人在当下如何在场？怎么样唤起自己的良知、勇气？就是回到刚才讲的那个新闻话题的表层和深度。可能“文外之重旨”是我们当代诗歌修辞可以借鉴的一种学说，比如寓言的方式。我特别注意到东欧诗人的社会环境跟我们相似，他们怎么样处理他们的生活，实际上跟我们一样遇到困难，就是你刚才讲到当言说遇到障碍的时候怎么办？是沉默还是继续言说？鲁迅先生也表达过：“当我沉默的时候，我觉得充实；我将开口，同时感到空虚。”这种空虚的悲哀也就是张枣诗里所讲“歌者必忧”，这种忧不仅是万古忧。诗人应该有这种情怀，如果对当下每天发生的事情视而不见，作为一个诗人，肯定是要受到良知的拷问的，更何况还有读者的期待，尤其是负有盛名的诗人，读者的期待就会更高。所以文东的批评应该对两位诗人来说有很重要的借鉴，我相信他们也会很重视这个文本。

树才：看上去只是针对两个诗人的诗歌，但我想他真正的用意是提出问题，提出了非常严峻的问题。我们当年都是在朦胧诗的反抗精神的感召下开始写作的，这是一种高于词语的精神愿望，就是说那时候我们已经明白词语是一种反抗性的精神力量，是对时代的伤痛的一种反应、一种见证。现在成长了，却沦落为满足于词语修辞这样一种废墟式的构造。这里面我觉得就是一种精神的失落。

潘洗尘: 其实怎么写都是诗的这种想法，大体上是和我们这个时代特有的某种东西是一致的。但说到底，话语权和权利本身都不是真理。

树才: 文东很勇敢，他把这个东西给你质疑出来，而且是通过他的犀利眼光和辨析能力。

耿占春: 好像自人们所说的“语用学转向”之后，对“词语之诗”的质疑变得没有学理依据了似的。洗尘和宋琳都谈到了这个问题，那就是从1980年代后期，尤其90年代以来，从开始接受英美新批评、俄国形式主义到结构主义和解构主义，一种文本主义，一种强调语言本体论的诗学，这些观念与敬文东所说的“词语之诗”的滥觞也有很大关系，似乎语言本体论占据了专业写作领域，这种文本主义似乎是一个非常系统的理论，有很多理论在支撑它，这个情形也导致了我们不敢轻易去怀疑它，有时候一些说法可能变成皇帝的新衣了，我们还不敢怀疑。比如跟文本概念相对的主体之死或作者之死，你要敢回到主体性，别人就会说你太过时了，后现代主义已经消解了主体了。

树才：刚才宋琳讲到文本。文本，罗兰・巴特晚年时在日记里曾感叹，他说当初我没提出文本理论的时候，这个世上还存在着我关注的文本，当我提出文本理论后，很奇怪，我真正渴望的文本反而没了。他就这样质疑自己的文本理论。我们现在有一种倾向，就是为批评炮制文本，这实际上是对巴特深刻的文本思想的一种误解，是一种庸俗化。

宋琳: 这里面还牵涉到跟批评很有关系的一个问题，就是怎么样重新建立一种标准的问题。当然这个是很复杂的问题，可能得换个提法。

耿占春：或者重新描述一种秩序，重新描述一种诗歌的状态，标准不大好说。

宋琳：我记得艾略特曾经有过努力，他们当时不是有个刊物就叫《标准》吗？我在想这个标准，上次跟洗尘、韩东的谈话也涉及一点点——诗歌品级的问题。古代诗歌是讲品级的，但是现在好像不讲。我甚至还谈到诗歌选本的编辑者，在古代是被称为圣人的，所谓"圣人则之"不妨理解成圣人建立标准。那么现在谁都可以编，当然确实也有这个权利，是不是？问题是这就导致了一些秩序上的混乱，读者也不知所从。这个问题很难谈。

潘洗尘：由于长期做编辑，要阅读很多东西，"大师"的，普通作者的，但有时这个社会还会接受和承认那些"大师"的一般品质的东西，而忽略那些普通作者的好的东西，所以为什么我说有的时候确实是需要批评界来厘清一些东西。这个还涉及一个诗歌教育的问题，因为我们的后一代的阅读也一定是有限的，他要阅读你给他挑出来的那些东西，那么你到底给他们挑了些什么就变得非常重要了。我觉得这也是我们目前手中这本选本要做的重要工作之一。时间差不多了，下面请阿德提两个问题，这个也会作为每次三人谈栏目的一个模式固定下来。

阿德:好的，就请问三位第一个问题，如果可以跟历史上任何一个人共进晚餐，你们会选谁？然后你会在晚餐上问他们什么问题？

耿占春：那我愿意选择一个失败的政治家，比如王安石。因为北宋就像陈寅恪说的，它和南北朝一起是中国文化的两个顶峰。那么王安石又是整个宋代主要思潮的一个推动者，我可能会问他这样一个问题，就是在新政失败之后，在有生之年如何回过头来推动新学？新政失败以后他的新学也一直被蜀党、洛党所诟病。或许新政的失败，正在于新学没有真正地开拓出一片观念的共识空间有很大关系，除了知识分子与朝廷共治天下这一理念外，一开始很多社会观念就是分裂的。

树才：我渴望跟法国诗人勒韦尔迪会面，因为我在梦里还真的跟这个人会了一面。这是法国诗人里我最向往、最心悦诚服的，也是我翻译的第一个法国诗人。有生之年，我会继续努力，翻译他的作品。我想问他一个问题：诗人写诗和生存的关系？实际上是他启示了我去理解生活和诗歌之间的关系。一个诗人他要生活，要活命，但他又要写作，写作有时候意味着对生活的逃避，不要生活。我会问，当年他是怎样同阿波利奈尔他们一起在蒙马特高地探求诗歌的？他突然要到索兰姆修道院去，而到修道院后，又不去修道院里面，而是在修道院旁边找了个房子，在那里生活了36年。我想这里面一定发生了特别的事情，后来他一直在那里写诗，一个可圈可点的事情是，时尚的香奈尔小姐，有一阵子居然是他的情人。这事我也要问问他。

宋琳: 我想到精神病院去要求院长同意给一位精神病人请个假，跟我共进一个晚餐。然后我想问他一个问题，他是怎么看我们这个时代那些不在精神病院里面的人。他们是正常人，还是疯子？这是我现在想到的。

阿德:好，第二个问题，什么是三位早年深信不疑，然后现在深表怀疑的东西？

耿占春: 这个其实洗尘下午见面的时候已经说了那句比较经典的话，我们不能重复了，发明权是他的。这个早年如果说刚开始写作也算早年的话，那时候对写作的那个永恒性有一种信念。现在觉得所有的写作都在一个历史时段中发生和发生作用，它也可能像别的东西不能抵抗对他的瓦解，也许它的意义在递减。但是在某个阶段内，如何让写作的意义、话语的力量递增？这个我在犹豫不决。

树才：对我来说，早年深信不疑甚至推我走上写作之路的动力，我现在深表怀疑，就是“自我”这两个字。我偶然皈依过一次佛门，那天真正的动机是觉悟到：自我是小，是空无。我，当我说我的时候，这个“我”我早年觉得是最大，比如要自我奋斗。现在我觉得，自我可以是我，但更是另一个我，我自己的他者，甚至就是他者。如果说我对神性和神秘有一种特别的价值信念和宗教感情，正是想避开这个“自我”，它是小的！这个自我，如果不能从自我那里发现他者，这个“自我”写起诗来，就会把人写得越来越狭窄，越来越不自知。

宋琳: 很早以前，我在华东师大散步时曾跟一个女同学聊天，突然我说：我们每说的一句话，一旦说出就不会消失，它将在这个世界，在空气中存在。我都不用解释，当时就是这么说出来。那么我想我现在对这个可以理解，我不是说深信不疑或者怀疑，我现在的认识可能会深化一点。不仅是说出来的，一个意念一旦发生，它就会产生某种能量，它是存在的。所以我觉得刚才树才谈到了个人修行，那当然有不同的道路，也许殊途同归，也许同途殊归，最后自己走向一个地方。所以我觉得要对自己所想和所说有非常清晰的意识，要把本能的东西上升为意识，然后在这个层面上，在所谓“四念处”去修行，不是那个来自外部的强加给你的不自由的一种律令，而是你自身的一种自觉。

树才：宋琳没有回答问题，他自己炮制了一个话题。

潘洗尘:但也是这个肌理的话题。一场对话之后，还是用北岛的那句做结束语最好：大地之书，翻到此刻。

［法国］伊冯·勒芒诗选

树才 译

伊冯·勒芒(Yvon Le Men)，法国著名诗人。1953年生于法国布列塔尼的一个小村庄。勒芒对自己作为“布列塔尼人”的诗人身份极其敏感。1974年出版第一本诗集《生命》之后，他就全身心地把自己的生命投入到诗歌事业当中。写作和朗诵成了他的“职业”，他在二十多个国家举办过诗歌朗诵会，包括中国。迄今他已出版了数十部诗集、访谈、小说、唱片和童话作品，主要诗集有《悔恨后面的国度》《石头的耐心》《光的回声》《暴风雨的花园》《黎明的方块》《在句子的天花板下》《一座泥做的岛》《需要诗歌》《一声喊碎成千片》等。他一直生活在法国布列塔尼地区一个叫拉尼翁的小城，在那里发起并组织名为“诗歌的时光”诗歌系列交流活动。他的诗歌单纯、朴素、感动人心。他喜欢从孩子的视角来看世界，用一种纯真的口吻诉说内心。他多次获得重要的诗歌奖项，包括“戈蒂埃诗歌奖”。程抱一这样夸赞他：“在所有法国诗人中，勒芒是最富于中国诗味的。”

岸

给我的母亲

她坐着
坐在她的四十公斤里
面朝大海

大海宽阔得
如同她向自己提出的问题。

我想象
在死亡面前。

她坐着
坐在双目之下
坐在天空之下

她的眼睛在看
在看护她所看的

她的手中
她到彼岸时才会打开它

就像一个孩子
对着太阳，对着伙伴
才会展示她手中的玻璃球

她的眼睛
延伸到天边

一直延伸到
不可收回之点。

她坐着
坐在她的四十公斤里
坐在她的八十二岁上

她最后一次
凭着大海
确认地球的一圈

凭着她的眼睛
她在海上行走。

她撞到了海平线
为了
给大海

打开天空之门。

她准备着
在末日那一天
第一个抵达。

小教堂（1）
给洛朗

得有个地方
从那里可以出去
离开

这低处
有时很高

有时就是
一座小教堂
里面有一些人

周围有一些人
很近

特别近

有个人
说着话
找到那些词

那些词在书里
福音
但不只是

在福乐之间
星期天的那些词
日常生活的那些词

我妈妈
曾经拥有那些词
好穿过

生和死
之间的
那座桥

死后仍然活着……

小教堂（2）

那些世纪平静了
打开了门

那些世纪沉默了
抬起眼睛

看那些光
围着世界旋转

围着小教堂

从彩绘大玻璃窗的
针眼穿过

甚至从背后
大玻璃窗在正面
像亲人们的脸

他们说
那些世纪遗忘了
在门关上的那一瞬
又在色彩上打开

小教堂（3）

像那些孩子
在一个弹子球里
看色彩闪耀

他们看见彩虹
看见梦中的脸

我们曾凝视
透过彩绘大玻璃窗
大海和天空经过

不知为何大海没有光

就像那些孩子
我们站直了
踮在刹那之上

目光变蓝

句子唱成歌
风儿吹起波浪

在大海上
大海把天空
运到大玻璃窗旁

有一个故事
我们就分享
有一个传说
没有它活着也是死亡

就像那些孩子
听大海唱歌
在一只贝壳里

我们曾经听
形象在唱歌
这些形象把色彩
浸入天空的深水

日记

自从
你走后
留下了你的名

很快
刻进石头里

你的脚步
也印在花园里

自从你走后

其他名字
也走了

去日记里
同它们的姓相聚

一个又一个
它们说

我们活在两个日期之间
说我们死在
灵魂的节骨眼上

灵魂哪里
都去
身体已经不在

千百年之后

墓园

雪
落在地上
落在你的身上
你的身子已经入土

雪落在蓝色花岗岩做的
你的墓上
花岗岩来自覆满雪的
阿寒山顶

此刻我在窗内
紧张地给你写信

这些句子
你读不到了

雪下着
那一天你说
真是一片漆黑

那一天我明白
你懂诗的国度

雪下着
像1963年冬天那一次

我和爸爸

骑着
他的自行车
我们翻倒在路上

脚抵近火炉
手做着针线活儿

你给我们编织长围巾和背心
来御寒

雪
在窗外边下着

在你生命的另一边
时间的另一边

她

梦中，我
重又见到她
在睁开眼之前
我找回了她

在梦的那边

我真想是个瞎子
我看不见她

看不见我自己

我的眼皮
不是两扇门
它们一边睁开
一边闭合

在死亡之上。

为什么她要
拥我入怀？

为什么
她的手臂抱紧我时
也抱紧了她自己？

谁经过了？

尼日尔（1）

绷紧在天和水之间
渔夫拍击

河面的宽度

桨和他的身子一起使劲。

坐在天和水之间
我们远离城市

我们挨近了宁静。

尽管土地的颜色
我们就像在英吉利海峡上

像大海，河救了这个国家。

如果我出生在巴马科
我会每天回到河上
远远观看
这群真实的人

他们如果不微笑，就狂哭。

尼日尔（2）

在河的那一边
就像在海的那一边
有一个国家
在我们的另一边
那里的男人与我们相像

从前
他们住在那些图画书里
在我们的恐惧里

就像我的邻居

衰老的玛丽只会布列塔尼语
他们的语言都是声音
缺少词。

那时不是说吗
衰老的玛丽叽里咕噜
同嘴里的面包和酒聊天
就像那是真的

不是把非洲的好几种语言
都表达为小黑鬼吗
仿佛所有的黑人都是孩子。

在河的另一边
住着博佐一家
渔夫用独木舟送我们过河
在巴姆巴拉语法语和微笑之间
我们航行。

我们讨论
孩子们正游泳的尼日尔河的美
他们的游戏让我们快乐
鸟儿飞起来
黄色和蓝色的飞翔让我们充满光。

形象先于词语
眼睛先于形象
目光是所有语言中的最初语言。

在河的另一边
在芦苇后面
几个蓝色的侧影远去
一位妇女头上顶着大盆
像王冠
一个男人赶着羊群
像古老诗篇中的那位牧师。

这里似乎不存在这个世纪
如果不是一辆摩托车的轰隆
还有水货T恤上的英文短句。

但在河水和村庄之间
水路被砍断了。

尼日尔（3）

在街上
我追随桑戈尔的诗篇
《裸女人黑女人》

直到看见黄色熄灭
而在绿色中央
升起蓝

在天空之蓝下面。

在河边
我瞧着妇女们准备那些形容词
在桑戈尔的诗里可以找到

准备形容词
这个活儿
比写诗更累人

为了让黄色的形容词
存在
必须在河水里捶打布
使出浑身力气
即便心不情愿。

这些姑娘梦想着什么?
手臂在灰色河水中捶打黄色
耗尽了力气

这个少妇正在想什么?
她的背就是孩子的屋子
她在蓝天之下捶打绿色
耗尽了力气

我穿越了大海和沙漠
水、沙子还有缺水
为了在街上追随桑戈尔的诗篇。

是在葡萄园的脚下
葡萄酒迸溅。

长城

长城
好像这些山
仍然不够

把它的獠牙
插入岩石

千千万万肉躯
躺在它脚下

一千多年过去了
几千公里穿越了

千千万万生命
跌入陷阱
就像一个寡人

另一个寡人
总是孤寡
在紫禁城里

皇帝受到
另一个皇帝的威胁

来自北方
或者隔壁房间

在人群里

在人群里
一个孩子

就一个

紧紧贴住妈妈
她护着他

在人群里

我记得他的名字
给车前子

我记得他的名字

我是否听见他说在这个国度
语言糅合了形和意？

也许我能理解，如果第一个

象形文字诞生时我在的话

那时人就是一个人的模样
在大师的画上
在他的笔端

那时符号向读者打着手势
像孩子对父母
在一幅儿童画里

但我没在现场
俯身看
第一个象形文字

我穿越世纪和一个大陆
来敲这个人的门
像敲无法穿越的
一座岩壁

除非经由美

美在这里
就在地上
我的眼前

我看着美
我说是的

就像我说是的
对坐在我面前的这个人
他朝我微笑
我从嘴唇上猜到了一个名字

死于六百年前的一个文人的名字
来自一个村庄
我牢记着他的一首诗

无保留地敞开你的心
你的笔就得灵悟
画和写指向同一目标
揭示你心中的善

汤厔的诗和我一起
旅行了三十年
途经许多国家
今天终于到了中国

尽管语言阻隔
他的诗跨越了我们
像一座桥
像两岸之间的第三条岸

在河的另一边
一册形象之书等着我
在那边
在他家

是一些诗。

在北京地铁

俯身，一个
向另一个

他，我猜的
她，我看见的

从后面

多么温柔

在惟一的肩头

那儿悬挂着
像倾斜的手臂
一只摇篮

她摇着她的孩子
在她的母语里
符号的语言

它穿越所有的语言

甚至在北京的地铁
我迷路了
又被找回

在一首歌的怀里

在天坛公园

在天坛公园
那里天是圆的

地是方的

柏树标上年龄
在树干上

在一块标牌上

尤其那些
超过五百岁的古柏

紫禁城的年龄

它的末代皇帝是个小孩

在杨树之间

在杨树之间
溪流
流到干涸

空空的河床
像一些口袋
空无一文

被炎热掏空。

青海湖

以为是海
其实是湖

但是也可能
这就是海

对那些从未见过海的人

寺庙

这座寺庙
大如村庄

瘫痪在

图像和色彩中

一只猫
黑白相间

等着转世

成什么?
成谁?

在什么和谁之间
一条命跑过去了……

这些祈祷

这些祈祷
男人们女人们
把它们托付给风

飞成绿色的
黄色的和红色的
在天空中

这些祈祷
打着生命的节拍
就像生命

走向风
走向意义
走进天空

这些祈祷
代表圣徒们
祈祷

甚至
在他们死后
在他们生前

对于他们
开始就是
结束

而房屋
一次旅行
在两个葬礼之间。

这些祈祷
人们念诵
幸亏风

把它们铺开
幸亏天空
照亮它们

就像词语
称量肉身

如其所是

可以这么说
变成了彩色
变成了光

杜甫草堂

给树才

昨天

在林边的屋子里
我读到一首杜甫的诗

它写到
八世纪

皇上听不见百姓的呼号
妇女们徒劳地握紧锹，扶住犁
荆棘到处侵入荒芜的田地

它还写到
二十一世纪

战争肆虐，杀戮不断，
人什么都不是，沦为鸡狗……

今天
在杜甫草堂
我念了一首自己的诗

在蓝蓝的天空下
成都的天空经常灰蒙蒙

好像在回应
杜甫的诗句

天空怜悯我
赠我以微风

以前他还写到
唉！我唱头一句
已经是悲歌

因为这些诗句
因为那些诗句

男人们
女人们
聚到一起

像每一个人

无论是皇帝
还是平民

聚到杜甫草堂

看他的诗
我也许能看见
他当年所见

千百次重复的风景
行人的目光
他们来来去去

生活的每一个细节
历来如此

出生
活着
死去

生活也有惨的一面

读他的诗
我肯定能看见他现在所见
如果他还活着

生活
拣纸板箱的人
卖柿子的人
磨刀的人

还有那位妇女
自行车上
搭了个小餐馆

生活
可以这么说
是那些民工
盖成了大楼
直到摩天

夜间摊开手脚
躺在一块木板上

哪里
都一样
当生活之河
把人分开
有些人
就活在惨的一边

读他的诗
我看见

一位老妇
红帽子红工作服

她的眼睛
肯定是黑色的

她收拾街上的纸板箱
徒手没有刀

她把纸板折叠成被子
折出很多褶皱

又用脚踏成一堆
用两根灵巧的手指
像布列塔尼女人
在硬泥巴地上跳舞

她把它拽向
一块生活的地面

再次折叠
从口袋里掏出细绳

然后离开
布绳子捆着纸板箱

但是去哪里?
能值几个钱?

是那一天的活命钱
把那一个夜晚悬起

看杜甫的诗
我看见

一个男人
衬衫比外套还长
右胳膊拽紧
他儿子的左胳膊

鸭舌帽倾斜在
天和地之间

他擦自己的鞋
微笑露出牙齿

这儿缺一颗
那儿少

一粒

以这位老妇的名义
不管哪一位妇女
以这个男人的名义
不管哪一个男人

不管以谁的名义
有时是
善的名义

有时是美的名义
我们

一直读这位诗人
我们爱他
他因为爱而失去了一切
甚至他自己

但他在梦里
在他的诗里
还邀请
另一位伟大的梦者
另一位伟大的诗人
李白：月下独饮的永恒的流放犯

余亦东蒙客，
怜君如弟兄。
醉眠秋共被，
携手日同行。
……
我们彻底地拒绝
一切名分和权力
就让我们的情思
在大海之上翱翔。

我在我的家里
读到一首杜甫的诗
写于745年
我在杜甫草堂
念了一首我自己的诗
作于2015年

凭借这些词语
它们由符号做成
就像那些云彩
幻化出形象
在无尽的天上

在我们的眼睛里面